Du riechst so gut

Kintetsu Yamada 2

Du riechst so gut

Inhalt

Mir schwant, dass sie und Na-tori ...

... etwas Besonderes verbindet.

Korisu Ichise ...?

Ah, auf dem Sofa?

Nehmen Sie ruhig Platz.

Danke, dass Sie gekommen sind.

B... Bleib cool, Asako!-Du bist schließlich bei der Arbeit!

9 »Ich möchte ihn niemandem überlassen«

Das ist das Buch, das ich auf dem Rückweg von der Dienstreise mit Herrn Natori gekauft habe!

ラ... Zuck

Sie war mit ihm auf Dienstreise ...

Ja, das kommt wohl vor ...

Und was war das hier?

Sie ist mit ihm einkaufen gegangen ...

Das ist das Mitbringsel, das ich mit Herrn Natori bei unserer Recherchetätigkeit gekauft habe!

Oh!

ソワ... Badumm

Sie ist mit ihm ins Café gegangen ...

Badumm Badumm
ソワソワ...

Oh, natürlich nur für ein Meeting mit Geschäftspartnern!

Das ist das Café, in das ich mit Herrn Natori gegangen bin.

Hmm?

Sie hat Pantoffeln für ihn besorgt?!

Badumm Badumm Badumm
ソワソワハハ...

Sind es vielleicht die Pantoffeln für Herrn Natori?!

Aaah!

Uff, was war das noch mal?!

... was für ein Verhältnis haben Sie zu diesem Herrn Natori?

Schwitz

Schwitz

Ähm, entschuldigen Sie bitte ...

Frau Ichise ...

Äh?

Ich bin jetzt im vierten Jahr, aber damals im ersten Jahr ist er mein Mentor gewesen.

Nach der innerbetrieblichen Ausbildung bin ich dann zu seiner Assistentin geworden. Ich lerne auch heute noch viel von ihm!

Oh, er ist ...

... ein Kollege aus meiner Abteilung, der mir viele Sachen beibringt!

Haaaaah
はぁ

Ach soo! ―Sie sind einfach nur Arbeitskollegen!

A...

Aber was hat es mit den Pantoffeln auf sich?

Ach ja?

Ihre Beziehung ist wohl vergleichbar mit der eines Meisters und seines Lehrlings. Kein Wunder, dass sie sich so gut verstehen.

Wie meinen Sie das?

Hmmm? Ich glaube, die haben wir gekauft, um in den Rosengarten zu kommen.

... in Rechnung stellen, weil man denkt, dass Sie sie für private Zwecke gekauft haben.

Wenn Sie nur »Pantoffeln« schreiben, können Sie sie nicht ...

Wir wollten einen kleinen Rosengarten besichtigen, der seine Rosen veredelt. Aber Sie können sich nicht vorstellen, wie sturköpfig der Besitzer war!

Ein Mann, der seine Rosen liebt

VS.

Ein Kerl, der unbedingt riechen will

Er hat uns verboten, den Garten mit unseren Schuhen zu betreten, weil sie mit fremdem Boden beschmutzt seien! Er meinte, sie würden seine Erde verunreinigen.

Aber Herr Natori wollte nicht nachgeben und meinte ...

Dann desinfizierte er alle Sachen, damit keine Bakterien reinkommen, und steckte Hände und Füße in den Boden.

Möchten Sie Tee trinken?

PZZ

Sein Ziel war es, eins mit der Erde zu werden. Und so blieb er, bis der Besitzer ihm erlaubte, den Garten zu betreten!

Er hat die Frau des Besitzers gebeten, etwas Erde aus dem Rosengarten zu bringen.

Ich bin doch nicht sein Dienstmädchen!

...
»Ichise! Fahr bitte in die Stadt und bring mir Pantoffeln, Handschuhe und Desinfektionsmittel!«

Und raten Sie mal, was er danach gemacht hat!

Zack

Aber wer hätte gedacht, dass so eine Geschichte dahintersteckt!

Ich habe sogar überlegt, eine für mich selbst zu kaufen!

Kicher Kicher

Sie haben sie ausprobiert?

Wooow!!

Die Seife ist toll, nicht wahr?!

Hi hi! Sie sagen es!

...

Und genau deshalb hat er es drauf, tolle Produkte zu entwickeln.

Wenn es um die Arbeit oder eher gesagt um Düfte geht, zeigt Herr Natori so viel Leidenschaft, dass es fast abnormal ist.

Ähm, sie hatte sich wohl im hintersten Eckchen meiner Schublade versteckt ...

Tut mir leid!

Das heißt also, diese Rechnung ist vom letzten Jahr?

Das ist etwas zu lang her ...

Ich meine, Herr Natori ist sehr bekannt in der Firma, nicht wahr?!

Oh! Äh, nein!

Schreck

Moment! Kennen Sie und Herr Natori sich etwa?

Machen wir uns weiter an die Arbeit!

Wir sind ganz abgeschweift!

...

Daher dachte ich, dass ...

Ich habe gehört, dass er die Verkaufsschlager von Liliadrop entwickelt hat.

...

Danke, dass Sie sich die Zeit genommen haben!

Wupp

Nein, ich habe zu danken! Wenn Sie Fragen haben, wenden Sie sich jederzeit an mich.

...aber sie haben ihn alle nur für sein Aussehen oder seine Leistungen angehimmelt.

Herr Natori hatte zwar schon immer viele Fans in der Firma...

Nur jemand, der mit ihm gearbeitet hat oder mit ihm befreundet ist, weiß, dass er insgeheim ein unglaublicher Geruchsfanatiker ist.

Könntest du bitte ein Treffen mit ihm arrangieren?

Er sieht so gut aus!

Typisch Natori...

Sst

LILIADROP.NET
Login

ID
4452
PASS
******

Log in

Dazu kommt, dass wir normalerweise nie etwas mit der Buchhaltung zu tun haben...

Details

ID: 1230
Asako Yaeshima

Firmeneintritt:

Abteilung:
Buchhaltung

Nummer: 1753

Frau Asako Yaeshima?

...

Am Abend

Korisu Ichise.

Je mehr ich darüber nachdenke ...

... desto sicherer werde ich mir.

Offenbar vertraut sie Natori blind.

Sie hat so fröhlich über ihn geredet.

Sie ist echt niedlich.

14

Kann es sein, dass sie ...

... in Natori verliebt ist?

Schon allein, wie sie ge-schaut hat.

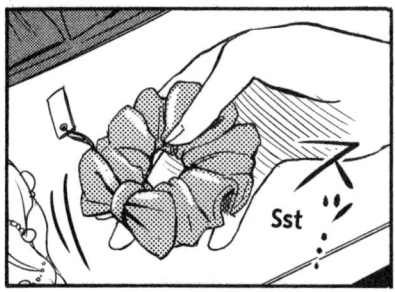

Sst

Hah
はあ

Wenn das so ist, hätte mir das vorhin nicht rausrut-schen dürfen. Sie schien etwas ge-merkt zu haben ...

Wenn ich nichts tue ...

... werde ich vielleicht gegen sie verlieren.

Was, wenn sie wirklich in ihn verliebt ist und einen Versuch startet?

Sie kennt ihn schon seit drei Jahren. Ich hingegen erst seit einem Monat.

Dieses blaue Zopf-band!

Oh, das steht dir gut!

Sorry, dass ich so spät bin!

Hast du lange gewartet?

Ah ... Dann lass mich das nur kurz kaufen!

Dann bin ich ja beruhigt!

Das Lokal ist gleich um die Ecke.

Schon okay! Ich wollte ohnehin etwas bummeln.

Gut!

Ich wollte gerade Händchen mit dir halten ...

... aber wir sind ja nur eine Station von der Firma entfernt.

Stimmt, jetzt, wo du es sagst ...

Oh?

Hoppla!

?

Ich würde auch gerne deine Hand halten ...

Ach, egal!

Ich sag sofort Bescheid, wenn es irgendwie nach der Firma riecht!

Pfft
クス…!

!

Gwit

Hmm?

Unsere Teppiche riechen etwas sonderbar, findest du nicht?

Echt? Ich weiß nicht recht ...

Was meinst du denn für einen Geruch?

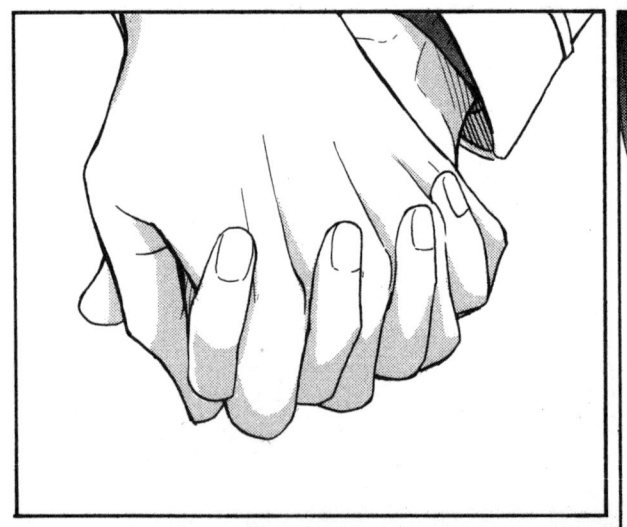

Hübscher
Schmuck aus
Perlen.

Ärmellose
Kleider.

Die Rolle der
Prinzessin in
der Schulauf-
führung.

Doch
jetzt

Daher
habe ich sie
den anderen
überlassen.

Das alles
sind Dinge,
von denen ich
immer dachte,
sie wären zu
gut für
mich.

Ich hatte
nie ein Pro-
blem damit.

Diesen
Mann
...

... möchte
ich
...

... nieman-
dem über-
lassen.

Ich wusste
nicht, dass
es hier einen
so leckeren
Laden gibt!

Ich
auch!

Hah,
bin ich
satt!

Es ist lange her, seit ich das letzte Mal was getrunken habe.

Mein Gesicht glüht ...

Hah ...

Fühlst du dich nicht gut?

Wupp

Schon
okay
...

Ja,
scheint
so!

Schnupper

Wie unge-
wöhnlich, dass
du nach Alkohol
riechst! Aber
auch nicht
schlecht!

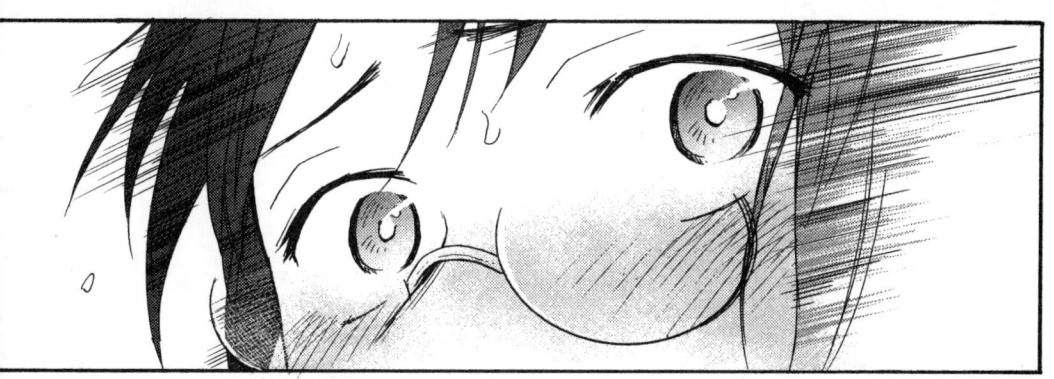

Information
Rest   7,000~
Stay   12,000~ **

HOTEL
PREMIUM
NIGHT

* Ca. 54 €.   ** Ca. 92 €.

Kapitel 9 / Ende

Katschack

Zapp

10 Schritt für Schritt

Was mache ich bloß? Wir sind wirklich in einem Hotel gelandet.

Poff

Oh ...

Badumm

Es ist, als wären wir im Urlaub!

Ah, ähm ... Ein hübsches Zimmer, nicht wahr?

Zuck

Asako?

HOTEL PREMIUM NIGHT

Der Fernseher ist groß ...

... und das Bett ist schön weich ...

Ah
...

Ach so!
Ein Kon-
dom
...

Noch dazu
mit Schoko-
Aroma?

Ha
ha

は
は

Typisch
für solche
Hotels.

...

Ähm
...

Ich bin
ganz ner-
vös!

T... Tut
mir leid!

ビ
ク
ッ

Zuck

Dabei
...

...!

Küss

Und das liebe ich abgöttisch!

Dieser Duft verströmt pure Freude.

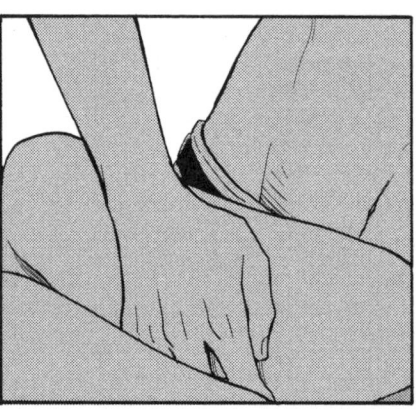

Pure Freude?

Er hat recht.

Ich freue mich riesig ...

... wenn wir beide so zusammen sind.

5:30 Uhr

Sehr gut. Es ist so früh, dass fast niemand unterwegs ist.

Gehen wir!

...

Oh, stimmt ...

In dieser Gegend sieht man sie selten. Sie sind wohl nur frühmorgens unterwegs.

Ha ha, da sind Krähen!

Kraah

Kraah

Kraaah

Das Risiko ist groß, dass wir einem Arbeitskollegen begegnen ...

Erst jetzt wird mir bewusst, dass wir hier ganz in der Nähe unserer Firma sind.

Bis gestern wäre ich ...

... und trotzdem haben wir die Nacht gemeinsam verbracht.

... nie auf solche Gedanken gekommen.

Ja,
klar.

Dann
sehen wir
uns bei der
Arbeit!

Nein, nein!
Du wohnst ja
in der anderen
Richtung
...

... und außer-
dem musst
du auch nach
Hause gehen
und dich um-
ziehen.

3·4

Soll ich
dich wirklich
nicht nach
Hause be-
gleiten?

Sst
...

Ah
...

...
W... Wow!
Seit gestern gehst du echt ran!
T... Tut mir leid ...!
Nein, es ist vollkommen okay, aber ...
...
Ich begleite dich doch zu den Gleisen.
Piep
Oh?!
プシュ
Psshh
バタン
Bwamm
Ich hätte mich früher nie getraut ...
... ein Hotel vorzuschlagen oder ihn so zu küssen.

Wenn ich jetzt darüber nachdenke, ist mir unheimlich peinlich ...

... was ich gestern und heute getan habe!

Oh nein ...

Ansonsten wäre ich niemals auf die Idee gekommen, ihn in ein Hotel zu ...

Wipp

Wipp

ふきふき

Ich habe mich vielleicht doch nicht großartig verändert. Das war bestimmt nur der Alkohol.

Flapp

ハ°

Uwaaah!

Pardauz

Yaeshima, Liebes!

Es geht um das Hotel ...

Ähm ... W... Was mei-nen Sie denn mit H... Hotel?

Geht schon ...

Alles okay?

Ach, du liebe Güte! Was hast du denn? Du hörst dich an wie eine Katze, der auf den Schwanz getreten wurde.

Die Zimmer, die für uns reserviert sind, sind auf das Haupt- und Nebenge-bäude verteilt. Jede Abteilung darf deshalb einen Zimmerwunsch abgeben.

Hier hast du die Liste.

Na das, in dem wir übernachten werden! Nächstes Wochenende ist doch Betriebs-ausflug!

er den Betriebsausflug
n Liliadrop

Der Betriebs-ausflug? Stimmt, vor etwa zwei Monaten habe ich mich dafür angemeldet.

1. Datum: □□.□□.□□.
2. Ort: Tsukino Resorts Atami

3.

Ich bin gerade dabei, innerhalb unserer Abteilung herumzufragen, aber die Meinun-gen scheinen auseinander zugehen.

Ach so. Verstehe ...

Ich würde mich freuen, wenn du auch etwas dazu sagst, Herz-chen!

Ob Natori wohl auch mitfährt?

Wenn ich mich recht erinnere, war die Teilnahme an dem Ausflug freiwillig.

Plopp

Ich hatte nicht die geringste Ahnung ...

...!

... in was ich mich ...

... auf dieser Reise hineinreiten würde.

Kapitel 10 / Ende

Herzlich willkommen bei Tsukino Resorts! Hier geht es zu Ihren Zimmern.

Haben Sie einen angenehmen Aufenthalt.

Tsukino Resorts Atami

Ich bin sehr gespannt ...

Ich war seit meinem ersten Jahr in der Firma nicht mehr mit dabei.

Jede Abteilung schickt bitte einen Vertreter hierher, um die Zimmerschlüssel abzuholen!

Es war die richtige Entscheidung, dieses Jahr mitzufahren! Ich wollte unbedingt hier übernachten!

Was für ein schönes Hotel!

Wir sind zu dem Schluss gekommen ...

... dass wir den Ausflug lieber getrennt verbringen.

Oh?

Da ist Natori ...

Wenn etwas ist, können wir uns schreiben.

Nun ja, die ganze Firma wird dort sein ...

Da hast du recht.

Liliadrop Corporation Partyraum

Ich denke auch, dass das ein kluger Plan ist.

Kommen wir zu dem Höhepunkt der Party!

Okay!

Raun Raun

Wow!

Ohne Sie und alle anderen, die heute nicht kommen konnten ...

... wäre Liliadrop nicht das, was es heute ist! Ich bin jedem von Ihnen dankbar!

Bitte vergessen Sie heute die Arbeit und genießen die Party!

Natori
von der
Produktent-
wicklung
macht den
Aufschlag!

Aus-
gerechnet
die Buch-
haltung!

Also wird
Asako uns
zuschauen!

ドクン… Badumm

ドクン… Badumm

Bitte,
lieber Gott!
Wenigstens
der erste
Aufschlag!

グッ Gwit

ッ…！

Yay!
Zeigen
Sie's
ihnen!

Hupp
ヒュッ
ッ…

Aber dir
drücke ich
auch die
Daumen,
Natori!

ドキ Badumm

ドキ Badumm

ドキ… Badumm

...

Poff
ぽ
す
…

Ähm
...

Oh weh, der gute alte Natori. Er enttäuscht uns nie!

Das muss ich filmen.

Ha ha ha ha

Augen zu und durch!

Ein Punkt für die Buchhal-tung!

Der Ball ist im Aus!

Es gibt kein Zurück mehr!

Ist er etwa ...?

Huch? Siehst du das zum ersten Mal?

Grapp

Ich will nicht mehr! Lasst mich gehen!

Er ist eine Niete, was Sport angeht!

Ein hoffnungsloser Fall!

Was?

Er gibt sich wirklich Mühe, aber er hat zwei linke Hände und Füße. Es ist zum Schießen!

Kann nicht dribbeln

Kann nicht Seil springen

Kann nicht tanzen

Beim Betriebsausflug findet jedes Jahr so ein Turnier statt. Aber egal, was für eine Sportart es ist, Herr Natori macht sich immer zum Affen!

Das wusste ich gar nicht ...

Nicht wahr?

Die Natori-Show!

Das ist immer der Höhepunkt des Ausflugs.

...

Grr!!

Ugh ...

Wusch

Tschack

Ha ha ha

Argh ...!

Batsch

Yeah

...!

Der zweite Punkt für die Buch- haltung!

Klang

Sehr gut!

Kakling

Ich hab den Ball ge-troffen!

Oooh!

Kicher

...

Die Buchhaltung hat gewonnen!

Ich kann es kaum erwarten noch mehr über ihn zu erfahren.

Ooooh!

Klapp Klapp

...

Ha ha ha!

あはは…

Anscheinend ...

... weiß ich wirklich noch nichts über ihn.

Oh?

Sie lacht ...

Yaaaay!!

Woow!

SIEGER

Gewonnen hat das Team von der Buchhaltung! Jin Okura und Yoriko Miyoshi!

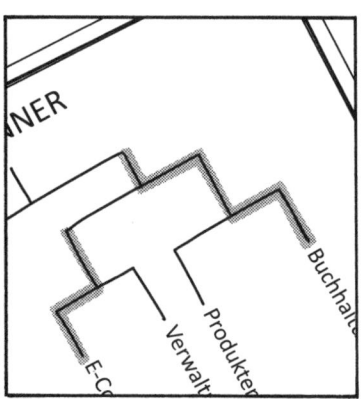

NER

Buchhal

Produkter

Verwalt

E-Co

Ein paar davon würde ich lieber gegen Macarons austauschen.

Das heißt, wir kriegen 30 Portionen Eis.

Sie haben das Turnier gewonnen!

Gute Idee!

Ein goldener Schläger ...

SIEGER

Sie können echt alles!

SIEGER

Funkel

Gute Arbeit, Herr Okura!

Was ist das denn? //

Schauen Sie mal, er ist aus Schokolade!

...

Frau Yaeshima!

Hallo!

Vielen Dank, dass Sie mir letztens geholfen haben!

Oh ...

W... Was mache ich bloß?

F... Frau Ichise!

Äh ... Danke schön!

Herzlichen Glückwunsch zu Ihrem Sieg!

Sie nehmen also auch am Ausflug teil! Ich habe Sie vorhin beim Turnier bemerkt!

Ich wollte Sie nämlich jemandem vorstellen!

Wie schön, dass ich Sie gefunden habe!

Wieso habe ich ein mulmiges Gefühl dabei?

Sie ist ein Fan unserer Seifen ...

... und ist super- nett!

Kapitel 11 / Ende

Hey, Ichise. Was hast du ausgeplaudert?

Welche Story?

Unter anderem Wild Roses in your Hands.

Frau Ichise hat mir letztens die Hintergrundstory dazu erzählt.

Stotter

Ich hab nur erzählt, wie viel Mühe Sie sich geben!

N... Nichts, was Ihnen Sorgen bereiten müsste!

Äh ?!

Starr

Als ich ihr erklärt habe, wozu ich die Sachen gekauft habe, konnten wir nicht einfach die Hintergrundstory umgehen!

Äh, stimmt!

Hä ?!

Nicht wahr, Frau Yaeshima?

Mir sind ein paar Fehler bei meinen Rechnungen unterlaufen ...

... aber Frau Yaeshima war so lieb, mir zu helfen. Sie hat mir gezeigt, wie es richtig geht!

Ach nein! Es gibt viele Kollegen, die sich mit den Rechnungen nicht gut auskennen.

Das Gespräch mit Frau Ichise war sehr interessant und erheiternd!

Tut mir leid. Offenbar hat Ihnen meine Kollegin Umstände bereitet.

Lassen Sie sie das nächste Mal einfach aus eigener Tasche bezahlen.

...

Nanu?
Sehen Sie sich wirklich zum ersten Mal?
Ich dachte eher, dass Sie sich vielleicht kennen.
Aber nein, keinesfalls!
Herr Natori ist doch der Star unserer Firma.
Ach, Sie schmeicheln mir zu sehr!
Hoffentlich habe ich Sie nicht enttäuscht.
Ich bin gar nicht seine Kragenweite.

... trotzdem ein Paar geworden?

Wären Natori und ich ...

...

Doch ich bin mir sicher, dass sie sich schon kannten!

Also, was halten Sie von Frau Yaeshima?

Aber sie haben sich nichts anmerken lassen! Haben sie etwa geschauspielert?

Jedenfalls habe ich noch immer keine Idee, was die beiden miteinander zu tun haben.

Och, menno! Dabei dachte ich, wenn ich die beiden miteinander konfrontiere, könnte ich etwas herausfinden.

Meinen Sie das ernst?

Ugh!

Könnte ich nur allen Fans, die Sie anhimmeln, Ihr wahres Gesicht zeigen!

Sie hat eine üppige Oberweite ...

Lieb   Freundlich

Riecht gut

Kann gut kochen

Ist zuvor-kommend

Riecht gut

Süß

Inspiration

Gepflegt

Hmmm ...

Okay, denk nach ... Was war mein ers-ter Eindruck von ihr?

Schön, dass sie un-sere Seifen benutzt!

Ach ja, sie wirkte nett.

Dampf
ほか

Dampf
ほか...

Hach, das Bad tat gut!

Ich freue mich schon aufs Bett-chen!

Plopp

Ich möchte nur kurz mit dir plaudern.

Antworten

Schließen

Da unsere Zimmer im Nordflügel liegen, kommt von der Firma hier bestimmt niemand vorbei. Hoffe ich jedenfalls!

Sie liegt etwas entfernt vom Hauptgebäude, dem Bad und der Bar.

Unruhig

Unruhig

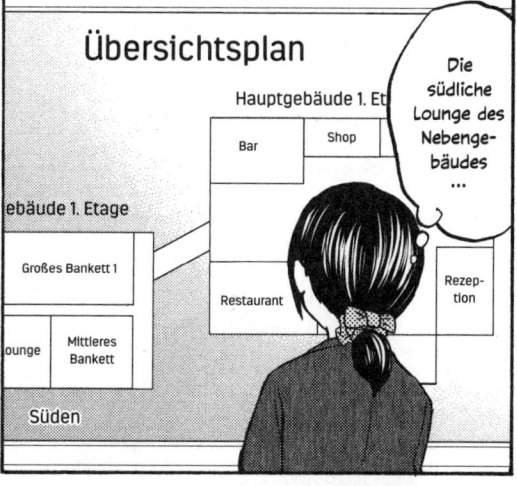

Übersichtsplan

Hauptgebäude 1. Et

Bar

Shop

ebäude 1. Etage

Großes Bankett 1

Restaurant

Rezeption

ounge

Mittleres Bankett

Süden

Die südliche Lounge des Nebengebäudes ...

...!

Übersichtsplan

Hauptgebäude 1. Etage

Taumel

Hah ハア…
Hah ハア…
Natori …?!
フラ…
Wank
Sorry, dass ich spät bin …
Ich war noch mit Kollegen in der Bar …
Oh! Konntest du dich problemlos abseilen?
Ruh dich ruhig aus …
Na klaro …
…
Träum
ぼー…
Hm?
… ein Yukata …
Gwit
ぎゅう…
!

Du bist ein wenig betrunken, oder?

Schnüff

Etwas Wasser wird dir guttun ...

Er riecht nach Alkohol. Sogar stärker als letztens!

N... Natori ...

Äh?

Du riechst nach einer anderen Seife.

Das hatte ich mir schon letztens im Hotel gedacht, aber ...

...

Es war sehr entspannend!

Ja, ich habe schon gebadet.

... ich kann es irgendwie nicht leiden ...
... wenn du nach einer Seife riechst, die nicht von mir ist.
...!
A... Aber was soll ich denn tun?
Ich hab's!
Ich werde ein Reise-Set entwerfen.
Das mach ich!
Whoooo
Scheint, als wurde unser neues Produkt soeben beschlossen!
Rubb
Vorhin, als du mir vorgestellt wurdest ...
... hat es mich ziemlich runtergezogen, weißt du?
Rubb
Rubb

Du sagst es!

Das ging mir ganz genauso!

Es ist das zweite Mal!

Das ist auch der Grund, warum ich Individualsport lieber mochte.

Es hat mir immer leidgetan für meine Teamkollegen!

Ich habe heute auch etwas Neues entdeckt.

Dieses Lächeln!

Wie?

Ach, bin ich erleichtert!

Ich hatte befürchtet, du schreibst mich ab, wenn du siehst, dass ich im Sport eine Niete bin!

...

Wieso sollte ich denn?

Natori.
Wie warst du als Kind?

Ich?
Hmm
...

Als Kind habe ich meinen Eltern oft geholfen. Dabei hat mein Vater mir vieles über die Teeblätter beigebracht.

Ich habe jeden Monat beim Pflücken geholfen und gelernt, wie die erste und zweite Ernte sich im Geschmack unterscheiden.

Es hat echt Spaß gemacht, die verschiedenen Teesorten und Anbaugebiete durch den Geschmack und das Aroma zu erraten.

Sie bauen Tee an?

Eine Plantage?

Weißt du, meine Eltern betreiben eine Teeplantage ...

Genau.
In Sayama.
Das liegt in der Präfektur Saitama.

Damit hatte ich nicht gerechnet! Ha ha ...

Wow! Du warst also schon als Kind ein Duftexperte!

Ich hatte Glück. Mein Umfeld war einfach klasse.

Daher habe ich oft auf der Wiese welche gepflückt ...

Meine Mutter hat ebenfalls Pflanzen und Blumen geliebt.

Gartenarbeit ...?!

... und auch selbst Gartenarbeit gemacht.

Mmh ... Das riecht gut!

Kotaro, was ist das für eine Blume?

Ja ...

... das war es wirklich ...

Hach, er riecht wirklich gut!

Die Blüten sind so zart und sanft.

Sie fühlen sich toll an!

Das freut mich! Du hast dich ja immer gut um ihn gekümmert.

Oh!

Ein rosa Hahnenfuß!

Er ist heute morgen endlich aufgeblüht!

Danke, dass du mich immer so glücklich machst!

Kotaro!

Ich sehe sie nicht, aber ich spüre es.

Die Blumen, der Garten, der warme Tee ...

... überall steckt ganz viel Liebe von dir!

... wenn ich ihr mit meinen Blumen und dem Garten ein Lächeln entlocken konnte.

Ich habe mich immer riesig gefreut ...

Meine Mutter hat nach der Geburt meiner Schwester ihr Augenlicht verloren.

Asako ...

Weißt du ...

...

Kapitel 12 / Ende

Originale Rohskizzen!!
Prototyp von Natori

Du riechst
so gut   Kintetsu
           Yamada   2

Natori? Bist du das?

ナ!... Sst

Wie soll ich das erklären?

Soll ich sagen, ich bin zufällig auf ihn getroffen?

Dodomm

Oh nein! Es ist jemand von der Firma ...

Dodomm

Dodomm

...!

Wach auf!

Natori!

Dodomm

Aber ich kann mich nicht verstecken!

Dodomm

Dodomm

Dodomm

Nanu?

Yaeshima, Liebes!

...!

Ah ...
Also
...

Ich
...

... ähm
...

Herr
Okura!

Mach dir keine Sorgen, Herz-chen.

Das bleibt un-ter uns!

...!

Girls Talk ist jederzeit willkommen! ♡

Du weinst? Ach, wie süß!

Uuuuh

H... Herr Okura ...!

Ein Glück, dass ich einen tollen Vorge-setzten wie ihn habe!

Gute Nacht!

... aber Herrn Okura kann ich ver-trauen.

Nun ist es zwar raus ...

Thunfisch-Schüssel!

Meeres-früchte-Schüssel!

Meeres-früchte-Schüssel Spezial

Danach endete der Betriebsausflug ohne besondere Vorfälle.

Am nächsten Tag in der Firma

Ich bin ihm wirklich dankbar ...

Es ist nicht unser Job, Kapital zu beschaffen.

Was?

Herr Okura behandelt mich, als wäre nichts passiert.

チラ: Lins

Vrrr

Wo wollen wir heute essen?

Oder haben sie sich vielleicht unterhalten, als er ihn aufs Zimmer gebracht hat?

Soll ich Natori lieber sagen, dass Herr Okura von unserer Beziehung weiß?

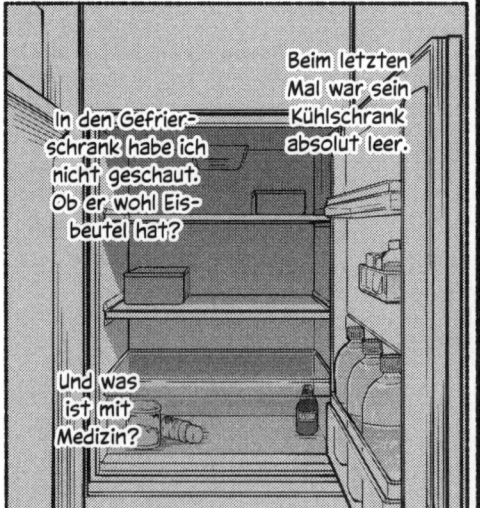

Pzz

Hallo …?

Tock

…

Ah! Tut mir leid, dass ich einfach anrufe.

Ich wollte hören, wie es dir geht.

Tululu

Tululu

Wie hoch ist dein Fieber?

Ich weiß nicht … Hab kein Thermometer …

Ich habe es gerade geschafft aufzustehen. Vielleicht sollte ich was essen …

Hast du denn etwas da?

Ich schaue nach der Arbeit vorbei!

Ähm

Heute mache ich keine Überstunden.

Schreib mir also bitte, falls du etwas brauchst!

Er hat nicht mal so was?

Dann gebe ich ihm schnell die Sachen und gehe nach Hause.

Vielleicht möchte er lieber allein sein?

...

Ich bin schließlich seine Freundin.

Ding Dong

Es ist doch okay, wenn ich mir Sorgen mache ...

... und ihn einfach so besuche, oder?

Meine Nase läuft jedenfalls wie verrückt.

Taumel

Taumel

Hast du Schnupfen?

Pass auf, dass du dich nicht ansteckst ...

Bilde ich es mir nur ein, oder sind sogar seine Haare kraftlos?

Normal

Munter!!

Jetzt

Schlapp

Das ist das Einzige, was ich hatte ...

Hast du die etwa benutzt?!

Hä?! Das ist ja eine Kühlpackung für Fertigmahlzeiten!

Sie ist bereits geschmolzen!

ッ Grusch

Hast du schon Fieber gemessen?

Magst du vorsichtshalber noch einmal messen?

Oh, das ist hoch!

Heute Mittag waren es 38,7 Grad.

Ja, ich hab mir ein Thermometer im Convenience Store gekauft.

...

Ist das normal für allein lebende Männer?

Dabei wirkt er immer, als hätte er alles im Griff.

Gut, dass ich vorbeigekommen bin!

Danke ...

Ich räume kurz die Sachen ein, die ich gekauft habe!

Ruh dich solang aus.

Ich kann nicht an ihr riechen, weil meine Nase verstopft ist!

Soeben ist mir ...

... eines bewusst geworden.

Wozu existiere ich überhaupt?

Das Fieber machte Natori pessimistisch.

Wegen des Fiebers kann ich mich auch kaum bewegen. Ich bin Asako ein Klotz am Bein!

Nicht einmal mein Geruchssinn ist zu gebrauchen!

Huch?

Was hast du denn, Natori?

...

Gwit

Wie meinst du das?

Vielleicht hast du gar keine Lust, hier zu sein ...

... oder bist sauer auf mich ...

Asako ...

Gibt es gerade etwas ...

... was dir auf dem Herzen liegt?

Irgend-
wie war
ich mir un-
sicher, weil
ich nichts
riechen
kann
...

...

Tut
mir leid
...

Schnief

Echt?

Was
redest
du denn da!
Natürlich
nicht!

Ich bin
freiwillig hier.
Mach dir keine
Sorgen!

Gut
zu hören
...

Tock
トン...

Er war
ganz ge-
knickt!

Wie nied-
lich!

Ich habe
schon wieder
eine neue Seite
an ihm ent-
deckt!

ほわ わぁ...
Straaahl

Ach ja …

Was das angeht …

Bestimmt, weil du beim Betriebsausflug betrunken warst und einfach eingeschlafen bist.

Hast du dich nicht richtig zugedeckt?

Das ist das erste Mal seit meiner Studienzeit, dass ich mich erkältet habe.

Klack

カチャ…

…

Meine Kollegen meinten, Herr Okura von der Buchhaltung hätte mich aufs Zimmer getragen.

Kann es sein …

… dass er uns erwischt hat?

Wirklich! Dabei meintest du, dass du es geheim halten möchtest …

Wupp

Wupp

Wupp

ペコ

ペコ

ペコ

Ja, natürlich ist es aufgeflogen.

Wenn ich wieder fit bin, werde ich mich bei ihm bedanken und ihn bitten …

… es für sich zu behalten.

In Zukunft werde ich besser aufpassen, wie viel ich trinke!

Sorry! Tut mir echt leid!

Herr Okura ist zufällig vorbeigekommen und war so nett, sich um dich zu kümmern.

Ich konnte dich nämlich nicht alleine tragen.

Magst du mich ...

... vielleicht schlagen? Auf den Kopf?

...?

Aber ich streichle doch oft deine Haare, nicht?

Wieso?

Äh ...

Wie soll ich sagen? Es ist nicht das Gleiche ...

Oder du kannst mir eins auf die Nuss geben!

Du weißt schon. So in der Art ...

Hä?

Wie meinst du das?

Patsch

Poff

Poff

Tu mir den Gefallen!

...

Weißt du ...

Ich bin schließlich dein Freund.

Ich möchte sie unglaublich gern umarmen!

Als Mann muss ich mich zusammenreißen.

...!

Vorfreude

Also dann!

Danke ...

Sst

Danke, dass du dich heute um mich gekümmert hast.

Ähm

Patt

Patt

Aber ...

Sst

Reicht das wirklich als Dankeschön?

スビシン
Patsch

Du bist viel zu rücksichts-voll!!

Au!

Ha ha

...

にこ にこ Lächel
Lächel
にっ
Straaahl!

Danke schön!

Ich will sie umar-men!

Verdammt noch mal!

Aber ich möchte sie nicht anstecken!

...!

Kapitel 13 / Ende

Der Fischdieb

Dieser Charakter war auf Asakos Tasche in Kapitel 13 abgebildet. Es ist ein schwarzer Kater, der immer wieder Fische klaut. Offenbar ist er so beliebt, dass es T-Shirts, Notizblöcke, Tücher und andere Produkte von ihm gibt.

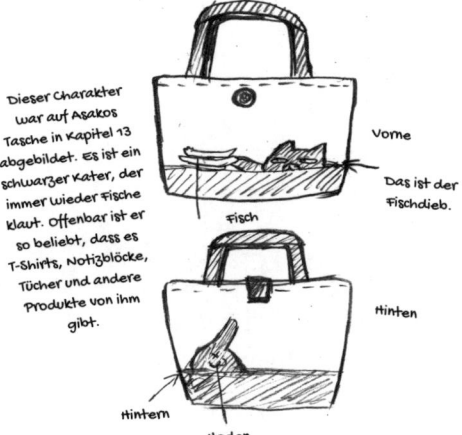

Vorne

Das ist der Fischdieb.

Fisch

Hinten

Hintern

Hoden

Du riechst
so gut Kintetsu
Yamada 2

Asako!

Wie sieht noch unser Auto aus?

Wupp

Wupp

Zi

Zi

Zi

Zi

Ziiie

Mitte August

14 Familie

Hier bin ich!

Ich habe kurz meine Familie in Chiba besucht.

Klingt gut! Das mögen alle gerne.

Was hältst du davon, wenn ich Chirashi-Sushi* zum Abendessen koche?

Nicht wahr? Okay, dann muss ich frischen Fisch kaufen.

Vater wird gegen 19 Uhr nach Hause kommen.

Keita meinte, er schafft es vielleicht um 18 Uhr.

* Reis mit verschiedenen Sushi-Toppings.

Ich habe auch Schweinefleisch vorbereitet.

Du weißt ja, dass Keita sich immer darauf freut.

Asakos Mutter, Yuriko (52)

Männer sind einfach gestrickt. Du musst nur Sesamöl hinzugeben, und es schmeckt ihnen!

Ach so?

Sie hat immer im Nu leckere Sachen für uns gezaubert.

Und das, ohne teure Zutaten zu benutzen oder aufwendige Gerichte zu kochen.

Szzz

Nachdem ich ausgezogen bin, ist mir eines klar geworden:

Meine Mutter ist eine Küchengöttin.

Was macht man, wenn man ein bestimmtes Gericht für mehrere Personen zubereiten möchte?

Wie kriegt man die richtige Menge hin?

Ja, was ist?

Sag mal, Mama ...

Meine Güte! Die Garnelen sind aber teuer.

Ugh! Genau.

Oder willst du für dich selbst vorkochen?

Wieso multiplizierst du das Rezept nicht einfach mit der Anzahl der Portionen?

So in der Art ...

Die richtige Menge?

Kroketten zum halben Preis

SALE

Jedenfalls nicht jetzt.

Hm ... Ja ...

Kroketten! Willst du auch welche, Asako?

Oh!

Ich wollte zumindest meiner Mutter von Natori erzählen ...

... aber wie und wann soll ich das Thema anschneiden?

Klingling

Hach!
Endlich wieder daheim!

Katschack

M...

Maro-
suke!

Miau

Das ist das Tonic-Shampoo von Papa.

Psshhhh

Wenn ich mich recht entsinne, macht Keita das auch.

Benutzt er es nicht das ganze Jahr über?

Also achtet Natori wohl besonders auf sein Äußeres.

Magst du Gerstentee oder lieber Traubensaft?

Traubensaft!

Dampf

Dampf

Puh ...

Klatter

...

Tock

Tock

Tock

Starr

...

Ah, ähm ...

Schreck

Ich dachte nur, ich könn-te was von dir lernen!

Was hast du denn? Ich kann mich gar nicht konzen-trieren.

Es gibt noch nichts, wobei du mir helfen kannst. Los, ab aufs Sofa mit dir!

Du möchtest kochen lernen?
Vorhin meintest du auch etwas von der richtigen Menge.
Hast du etwa einen Freund?
Ja ...

Hä
?!

Äh,
nun, ich
wusste
...   nicht
...
wann ...
ich es an-
sprechen
soll!

Ohooo!

Was?!
Wirk-
lich?!

Ach du
liebe Güte!
Wieso sagst
du das nicht
früher?!

Fast hätte
ich mich ge-
schnitten!

ふぁ〜お
Fwhaaa

Hast du
ein Foto
von ihm?
Zeig ihn
mir!

O... Okay,
okay! Ich
hol schnell
mein Handy!

...

Er arbeitet in einer anderen Abteilung und wir gehen seit zwei Monaten miteinander.

Das ist Kotaro Natori.

Supernett! Dazu ist er ...

... aufrichtig und leidenschaftlich bei der Arbeit.

Ist er nicht sogar größer als Vater?!

Wie ist er denn so?

Was ...

WOOOOOW!

... für ein Prachtkerl!

Er ist fast zu gut für mich ...

Da waren wir im Coredo Muromachi, einem Einkaufszentrum.

Oh, das freut mich für dich!

Da gibt es viele leckere Sachen und auch Läden ...

... für Kunsthandwerk.

Warten wir lieber noch!

Ugh!

Okay! Dann behalte ich das für mich.

Erzählen wir den Männern von deinem Freund?

Oh! Das muss Keita sein.

Es ist mein Lieblings-zopfband!

Aber es ist hellblau und perfekt für den Sommer, findest du nicht?

Ugh ...

Denkst du etwa, dass ich all deine Zopf-bänder kenne?

Hä?

Schon gut. Ich weiß, dass ich mich nicht groß verän-dert habe ...

Ich hab es selbst gekauft! Aber ein Kompliment dafür bekom-men.

N... Nein!

Pfft

ピクッ Zuck

Hä?

Was regst du dich so auf?

Sag nicht, dass es dir jemand ge-schenkt hat.

Natürlich von Arbeits-kollegen!

N... Was ?!

Ein Kom-pliment? Von wem denn?

Aber Frauen machen sich doch ständig gegensei-tig welche. Wieso erwähnst du das extra?

Whooo オオオオオオ

Moment mal.

Hä?

Wenn du nichts zu tun hast, gib Marosuke bitte sein Futter!

Bitte sehr!

Wumm

Du hast doch nicht etwa einen Freu...

Asako, magst du mir in der Küche helfen?

Was bist du nur für eine schlechte Lügnerin.

Keita ist ziemlich scharfsinnig. Es ist nur eine Frage der Zeit, bis er dahinterkommt.

Danke, Mama...

Autsch! Ganz ruhig, Marosuke! Ich mach ja schon!

Ssst!

Vielleicht könnte ich dort mal mit Natori hingehen.

Trattoria KURATA

Vielleicht wäre es gar nicht so schlecht, Keita bald von Natori zu erzählen.

Er wohnt schließlich auch in Tokio. In dem Restaurant, in dem er arbeitet, kann man gut sitzen und essen.

...

...

Prost!

Prost!

Asakos Vater
Katsuomi (51)

Swt

Swt

Asako,
Keita. Freut
mich
...

... euch beide
mal wieder
hier zu
sehen.

Das
ist doch
toll!

Es kann
aber sein, dass
sie es ablehnen.
Der Chef wird es
sicher auch etwas
abändern.

Ich darf
mir ein neues
Gericht für die
Abendkarte
ausdenken.

Wie
läuft die
Arbeit im
Restaurant,
Keita?

Mmh!
Das Fleisch
schmeckt
gut!

Wenn es
aufs Menü
genommen
wird, müssen
wir es aus-
probieren!

Bling

Du kannst jederzeit ...

... zu uns zurückkommen, okay?

Er vermisst dich einfach.

Das sagst du jedes Mal, Papa ...

Eine junge Frau, alleine in der Großstadt ...

Hm?

Ist bei dir alles in Ordnung, Asako?

Tokio ist ein gefährliches Pflaster.

Letztens ...

... auf der Arbeit ...

... konnte ich dazu beitragen, ein neues Produkt zu entwickeln!

Aber wisst ihr, was?

Ich habe gute Nachrichten.

Wir haben uns über unsere Seifen ausgetauscht, wobei ich erzählen durfte, wie ich sie daheim benutze.

Offenbar hat er dadurch eine Idee für ein neues Produkt bekommen!

Ich habe jemanden aus der Produktentwicklung kennengelernt.

Aber nein!

...

Nanu? Aber du bist doch in der Buchhaltung. Ging es um das Budget?

Dadurch ...

... aber es war schön, mich am Herstellungsprozess beteiligen zu können.

Mir ist klar, dass ich nur einen kleinen Denkanstoß gegeben habe ...

... sind mir die Seifen von Liliadrop noch mehr ans Herz gewachsen.

Oh, das freut mich für dich!

Ach! Mir gefällt mein Job in der Buchhaltung.

Wieso wechselst du nicht die Abteilung?

...

...

Irgendwas stimmt hier nicht.

Sie erzählt zwar nur, was auf der Arbeit passiert ist ...

... aber ich hab trotzdem ein mulmiges Gefühl ...

Bei »Pon« hast du dasselbe Muster. Bei »Chi« sind es die Zahlen.

Jrrt
ジャラ

Tock
トン

Was war noch der Unterschied zwischen »Pon« und »Chi«?

Jrrt
ジャラ

Oh!

Mama.

Katschack
カチャ

Hallo, mein Spatz.

ぐったり..
Erschöpft

Wenn man einmal mit Mah-Jongg anfängt, kann man nicht mehr aufhören ...

Puh! Wir haben fast drei Stunden lang gespielt.

Tick
チッ

Tick
チッ

Tock
チッ

Hä hä hä

Tut mir leid.

Ich wusste, dass ihr müde seid, aber ...

Du weigerst dich doch sonst immer.

Sag mal, seit wann magst du denn Mah-Jongg?

...
dass es vielleicht das letzte Mal ist, dass wir zu viert spielen können.

... ich habe mir gedacht ...

Deshalb wollte ich die Chance nicht verpassen.

Du meintest vorhin, du hast jemanden von der Produktentwicklung kennengelernt.

Das letzte Mal? Wieso denn?

Das ist doch bestimmt Natori, oder?

Äh?

Da wurde mir eins klar.

Ha ha, es war offensichtlich!

Hä?! W... Wie hast du das bemerkt?!

Ich habe dich mit 26 bekommen.

Damals war ich genauso alt, wie du jetzt bist.

Du bist jetzt in einem Alter, in dem du jederzeit heiraten könntest.

Stimmt schon, aber ...

... ich bin erst zwei Monate mit ihm zusammen.

Aber merk dir, wenn du ihn uns vorstellen möchtest ...

... seid ihr jederzeit willkommen.

Fühl dich bloß nicht gehetzt.

Ja, ich weiß schon!

Über Heiraten und solche Dinge habe ich bisher gar nicht nachgedacht.

So weit sind wir noch nicht.

... ihn kennenzulernen.

Ich freue mich schon darauf ...

...

Okay ...

Kapitel 14 / Ende

15 Dieser Natori oder wie auch immer

Klack

Also dann ...

Grusch

Ups, tut mir leid!

Oh?! Ich wollte dich doch von der Haltestelle abholen!

Hast du meine Nachricht nicht gelesen?

Ich hab nicht auf mein Handy geschaut, weil ich die Hände voll hatte.

Katschack

Quieeee

... hat er mir einen Schlüssel zu seiner Wohnung gegeben.

Nachdem Natori sich von der Erkältung erholt hatte ...

Ja, mittlerweile weiß ich den Weg auswendig. Außerdem ist es draußen noch hell!

Hast du problemlos hierhergefunden?

»Ruf mich an, wenn du die Station erreichst.«

Oh, stimmt! Du hattest mir noch etwas geschrieben ...

Starr

Das sind Pfirsiche aus meiner Heimat!

Ich durfte auch einige Klamotten und Kosmetikartikel hierlassen.

Seitdem verbringen wir das Wochenende oft bei ihm.

Asako ...
Du hast dich irgendwie verändert.
Hä ...?
...
Wie meinte er das nur?
Er fasst sich immer so kurz.
Hab ich etwa was Falsches gesagt?
Stimmt etwas nicht?
Du siehst traurig aus.
Nein, es ist nichts Dramatisches.
Ich habe es nur versäumt, meinem Bruder von dir zu erzählen ...
Oh! Du hast einen Bruder?

Wirklich?! Es gibt etwas, was du zum ersten Mal erlebst?!
Wie?!
Aber klar doch!
Wofür hältst du mich denn?!
Aber wir sollten lieber nicht ins Detail gehen ...
Sie möchte sicher nichts von meinen Ex-Freundinnen hören.
Das hätte ich nicht gedacht!
Dabei wirkte er immer recht selbstbewusst und erfahren in Liebesdingen.
Ich frage mich ...
... was für Beziehungen er bisher hatte.

Ach so?

Gratuliere.

Ich schicke dir nachher ein paar Termine. Du kannst dir dann einen davon aussuchen.

Ich werde den Chef darum bitten, dass ich mich um euren Tisch kümmern darf.

Es ist dein erster Freund.

Straaahl!

...!

Danke! Ich freue mich schon!

Ha ha, worauf denn?

Okay, ich schick dir später eins!

Kicher

Hast du ein Foto von ihm?

Ich möchte mich mental vorbereiten, weißt du.

Alles klar.

Also dann ...

Ich habe Mutter schon von ihm erzählt, aber Vater weiß noch nichts. Also behalte es bitte für dich, okay?

Wank

Woa, der ist sicher ein
Frauenheld! LOL

Sicher, dass du ihm
vertrauen kannst? LOL

Tack   Tack   Tack   Tack

Vrrm

Das Lokal
ist am Wochen-
ende immer aus-
gebucht. Und mein-
te Natori nicht,
dass er bald auf
Dienstreise
muss?

Aber die Wahr-
scheinlichkeit ist
groß, dass wir
unter der Wo-
che hingehen
werden.

Ein Glück,
dass er sich
offenbar auch
für mich
freut!

»Ja,
natürlich!«

Ach, Keita!
Er nimmt mich
immer auf
den Arm.

Wenn
das so
ist
...

...
muss ich
mir überle-
gen, was ich
zur Arbeit
anziehe.

Dinner-Outfits

... und hübsch genug für ein Date in einem Restaurant ist.

Hmmm

... sich leicht in Schuss halten lässt, wenn ich mal schwitze ...

Ich muss ein Outfit finden, das auf der Arbeit nicht auffällt ...

Das fällt mir früh auf ...

... aber, inzwischen bereue ich es, dass ich mich früher nie mit Mode befasst habe.

Wie soll das gehen?

Sollte ich besser ein Kleid mitnehmen und mich nach der Arbeit umziehen?

Aber in der Firma haben wir keine großen Schließfächer! Das heißt, es könnte zerknittert werden!

Was macht man in so einem Fall?

Am meisten hatte ich jedoch Angst davor

... aus der Reihe zu tanzen, wenn ich mich schick mache.

Bevor ich Natori kennengelernt habe, habe ich immer nur darauf geachtet ...

... dass meine Sachen praktisch sind.

Mir war nur wichtig, dass die Schweißflecken nicht auffallen oder sie sich leicht ausziehen lassen.

Dieses blaue Zopfband!

Oh, das steht dir gut!

Ah, ... ähm ... Danke.

Bei der Arbeit trägst du ja nur enge Röcke.

Der Rock steht dir gut!

Als Mann muss ich mich zusammenreißen.«

»Ich bin schließlich dein Freund.

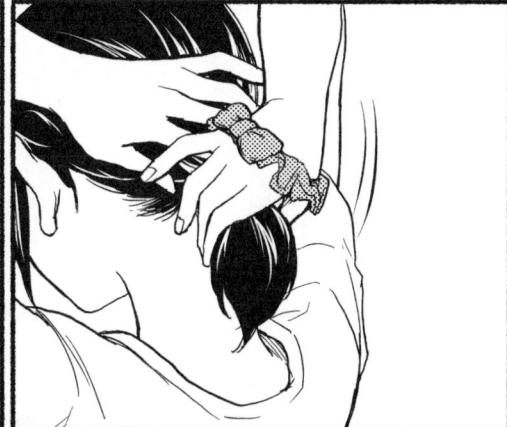

...
wie gut
es für das
Selbstbe-
wusstsein
ist
...

...
geliebt zu
werden.

Ich
wusste
gar nicht
...

Eigentlich
wäre es okay,
wenn ich mit
legerer Kleidung
in das Restau-
rant gehe
...

Asako ...
Du hast dich
irgendwie
verändert.

Er hat recht.
Ich denke auch,
dass ich mich
innerlich ganz
schön verän-
dert habe.

...
aber ich habe
Lust darauf,
mich schick
zu machen.

Woa, der ist sicher ein Frauenheld! LOL

Sicher, dass du ihm vertrauen kannst? LOL

Ja, natürlich!

Natori ist wirklich nett. Da kannst du dich drauf verlassen! 😊

Irgendwie habe ich das Gefühl ...

... dass es ein ganz besonderer Tag wird.

Es gibt Dutzende von Menschen ...

... die nur so tun, als wären sie nett.

Dieser Natori, oder wie auch immer er heißt ...

... soll sich auf was gefasst machen.

Genau, wie diese Kinder ...

... die ihr früher das Leben schwer gemacht haben.

Ich werde ihn auf die Probe stellen und entscheiden ...

... ob er meine Schwester verdient!

Natori machte Überstunden und litt an Asako-Entzug.

Ich will sie beschnüffeln ...

Oh Mann, ich kann nicht mehr ...

Derweil in der Firma.

Originale Rohskizzen!!
Prototyp von Natori ②

Du riechst
so gut Kintetsu
Yamada 2

Ich hoffe ...

... Natori gefällt es ebenfalls.

LILIADROP

Wie schade!

Nanu? Du ziehst deine Strickjacke an?

Das ist mir echt peinlich!

Ich sehe lieber zu, dass ich heute nicht mehr auffalle.

Station

Am Abend

...

Schock
Wo ist deine Brille?
A... Asako ... Hattest du das etwa den ganzen Tag an?
Tut mir leid ...
Ich kaufe mir schnell ein anderes Outfit und ziehe mich um!
Was ?!
Aber nein!
So war das nicht gemeint!
...
Du ...
...!
Du siehst bezaubernd aus.
Oh ...
Das ...

Der Rock flattert sanft um ihre Knie ...

Das Dekolleté ist tiefer ausgeschnitten als sonst, aber auch nicht zu tief ...

Ihre Oberarme, die sie in der Firma (angeblich) kaum hervorzeigt ...

A...

Ich habe dieses Kleid extra für heute gekauft!

Das freut mich!

Flapp
ひらん

Was?! Natürlich nicht!

ノワァ...

Nervös

An dir hat heute aber kein anderer Kerl gerochen, oder?!

Du bist der Einzige, der so was macht!

Hier entlang!

Okay, gehen wir!

Lins
キョロ

キョロ
Lins

Aber die Typen in ihrer Abteilung sind sicher auf sie aufmerksam geworden.

Hoffentlich hat niemand von der Firma sie hierher verfolgt!

ソワ ソワ

Unruhig

Wie alt ist dein Bruder noch mal?
24! Er ist zwei Jahre jünger als ich.
Er hat gleich nach der Fachschule angefangen, in dem Restaurant zu arbeiten.
Als er klein war, war er ein Wildfang ...
... aber er hat unserer Mutter trotzdem oft geholfen.
Gut gemacht, Keita!
Er hat ein gutes Herz und die Familie bedeutet ihm viel.
Ich sehe schon, ihr versteht euch!
Wir unternehmen zwar nicht oft was zusammen, aber ja, das tun wir.
Keita spricht zwar normalerweise nicht viel ...
... aber er hält sich nicht zurück, wenn er etwas für falsch hält. Auch vor mir als großer Schwester nicht. Das frustriert manchmal.
Hmm ...
Sie scheinen als Geschwister gut miteinander auszukommen.
Ich freue mich, ihn kennenzulernen! Aber nervös bin ich auch!
Dodomm
Dodomm
Hier ist es!

...!

Wow!

Trattoria Kurata!

Quieee

Nicht wahr?

Sie werden auch oft im Fernsehen oder in Zeitschriften vorgestellt.

Das Ambiente gefällt mir!

Sst

Guten Abend! Haben Sie bitte einen Moment Geduld.

Ich habe für 19 Uhr auf den Namen Yaeshima reserviert.

Herzlich willkommen!

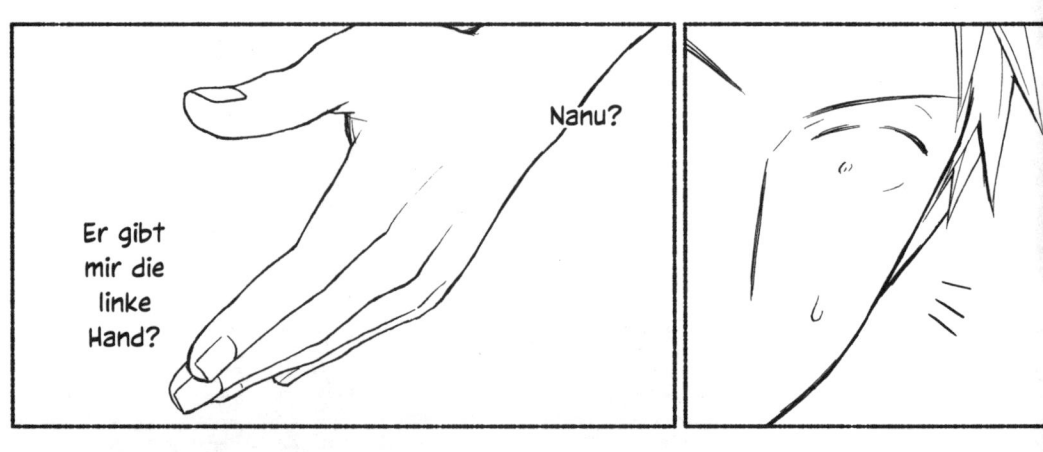

Er ist also Linkshänder?

Nein, ich esse alles!

Ich begleite euch zu eurem Tisch.

Sagt mir bitte Bescheid, falls es etwas gibt, was ihr nicht mögt oder wogegen ihr allergisch seid.

Kritz Kritz

Bestimmt nicht!

Deshalb hat er mir die linke Hand gereicht!

Das hat also keine tiefere Bedeutung, oder?!

Oh? Ist es dir aufgefallen?

Du trägst Kontaktlinsen? Da hast du dich aber schick gemacht.

Ja ...

Siehst du? Ich hab es doch gesagt.

... er hat mich überrascht.

Er ist nett!

...?

Seine Frauen-held-Aura* ist echt übel!

モテ — Unwiderstehlich...

Dieser Natori, ey!

* Eine Aura, die einen denken lässt: »Woah, der kommt sicher gut an!« Nur sichtbar für andere Männer.

...
aber ein Handschlag mit der linken Hand bedeutet »Feindseligkeit«.

Ich weiß nicht, ob es ihm bewusst war ...

Her mit deinen Titten!

Bwä hä hä!

Neeiin!

Ritsch

Das Schlimmste

Ich sollte wohl lieber das Schlimmste erwarten und ein strenges Auge auf ihn haben.

Hier ist die Abend-karte.

Danke schön!

Pech gehabt! Deine Aura wirkt nicht auf mich.

So wie es aussieht, ist er ein krasserer Playboy, als ich dachte.

... aber ganz ohne japanischen Text?! Das sehe ich zum ersten Mal!

Kommt ja vor, dass die Gerichte auf Italienisch geschrieben sind ...

Ja, klar.

Da sind ein paar neue Gerichte dabei, nicht?

Sie ist auf Italienisch?!

Was?!

Antipasti

Bruschetta di pomodoro ¥580
Polpette di zucchine ¥680
Alici marinate ¥680
Antipasto misto ¥1300
Piatto di formaggi ¥1200
Fritto misto ¥600
Parmigiana di melanzane ¥880

Secon...

...'Amatriciana ¥1200
...in casa ¥1400
...la bottarga ¥130.
...zucchini ¥1200
...gorgonzola ¥1300
...tto se... ¥1400
...campi 280
...rem 1000
...eri 1100

Bamm

Ein ganz normales Dinner wäre doch zu langweilig, findest du nicht?

Ich will lediglich so viel wie möglich über dich herausfinden.

Was ist? Du kannst sie mir auch gerne zurückgeben.

Hmm ...

Na, was sagst du jetzt?

Asako habe ich natürlich die japanische Karte gegeben.

Natori, gibt es etwas, was dir ins Auge springt?

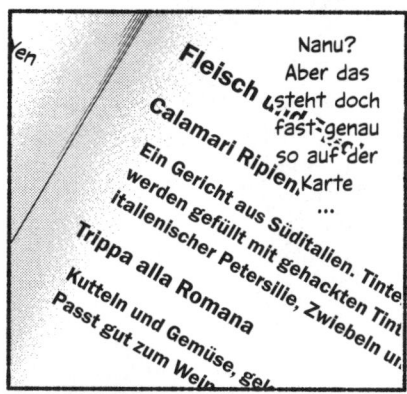

Nanu? Aber das steht doch fast genau so auf der Karte ...

Calamari Ripien,
Ein Gericht aus Süditalien. Tinte werden gefüllt mit gehackten Tint, italienischer Petersilie, Zwiebeln u...

Trippa alla Romana
Kutteln und Gemüse, gel...
Passt gut zum Wein...

Fleisch u...

Das Ganze wird dann sautiert und anschließend in einer To- matensoße gekocht.

Wow! Das klingt auch köstlich!

Verzeihung! Mein Fehler! Ich hole sofort die japanische Karte!

Oh, danke.

Natori, kannst du etwa Itali- enisch?

ギクッ
Zuck

Äh, stimmt ...

Oh?!

Deine Karte ist ja komplett auf Italienisch!

Wow, wie toll!

Dadurch habe ich ein paar Begriffe gelernt.

Wir bestel- len manchmal Aromen und Kräuter von italienischen Firmen.

くっ

Grrr

Nein, absolut nicht!

Ich kann nur ein paar einfache Wörter lesen.

Aber nicht doch!

Hier ist die japanische Karte. Sorry noch mal!

Ist gar kein Problem!

Verdammt, er ist ein harter Brocken!

Was ist das denn für eine coole Story?

Ist klar, dass er die Frauen damit beeindruckt!

Ja. Die Botschaft liegt in der Nähe.

Deshalb essen sie oft hier, sowohl mittags als auch abends.

Kommen oft Italiener zum Essen?

Aber überrascht hat es mich schon.

Eine italienische Karte sieht man selten.

Wow!

Das heißt, die Speisen hier haben sogar die fachkundigen Gaumen überzeugt!

Ich kann es gar nicht erwarten, sie zu probieren!

Aber mich kriegt er damit nicht rum!!

Mist! Das war knapp! So verführt er also die Frauen, was?!

Hah は っ…

Hmm, ich hätte gern noch was, aber was soll ich nur nehmen?

Die Qual der Wahl

MENU

Hmmm, lass mich überlegen...

Oh, das hört sich auch gut an!

Pasta

Hauptgerichte

Ich bin schon öfter hier gewesen. Also nimm, was dir ins Auge springt.

Whoooo オォォォォォ

Ja, eine gute Idee! Das nehme ich!

MENU

Sag das doch gleich!

Tapp

Vielleicht möchtest du ein Gericht ausprobieren, das ich kreiert habe?

Was ?!

Welches denn?!

Sst

Na warte ...

... du Schürzenjäger.

Mit meiner Kochkunst werde ich dir so richtig eins auswischen.

Versteh mich nicht falsch, Natori. Aber ich vertraue dir noch nicht.

Ich werde dir deine hübsche Maske abreißen ...

... und dein wahres Gesicht aufdecken.

Strahl

にこ にこ

Wie schön, dass ihr beide euch so gut versteht!

Schauder

Was war das ...?!

Kapitel 16 / Ende

Köstlich!

Davon könnte ich nie genug be-kommen!

17 Was sich die drei wünschen

Und er hat immer schnel-ler gelernt als ich.

Wirklich beneidens-wert ...

Keita war schon als Kind sehr ge-schickt.

Danke schön!

Da wird er sich drüber freuen!

Ich weiß, er ist ein Profi, aber trotz-dem!

Keita kann wirk-lich gut kochen!

Hamm

もぐ

Hamm

もぐ

Es gibt ...

... auch et-was, wofür ich ihn be-neide.

Du sprichst ihn ...

!

... mit seinem Vornamen an.

»Ja, Natori«, »Nicht da, Natori«, »Du bist toll, Natori«
...

Und so weiter ...

Ehrlich gesagt hat es auch einen bestimmten Reiz, wenn du mich beim Nachnamen nennst.

Ich weiß, ich weiß.

Na ja, er ist mein Bruder ...

... aber heute gab es eine Sache, die mir richtig Herzklopfen bereitet hat.

Ich mag die Art, wie du mit mir sprichst. Also können wir das meinetwegen dem Lauf der Dinge überlassen ...

Wir sind in einem Restaurant!

Starr

Domm

Das klingt auch gut!

Hach!

Was möchtest du damit bitte andeuten, Natori?

Weißt du noch, wie du mich ihm vorgestellt hast?

»Das ist Kotaro Natori.«

Du hast mich ...

... »Kotaro« genannt!

Jetzt, wo ich darüber nachdenke ...

... habe ich ihn noch nie beim Vornamen genannt.

Ugh

Ich hätte es gerne noch etwas ausgekostet!

Aber ich war so nervös, Keita kennenzulernen, dass ich es fast überhört habe!

Es tut mir leid ...

Es war schwer einzuschätzen ...

Ich wusste nicht so recht, ab wann ich zum Vornamen übergehen sollte.

Dabei macht es mich so glücklich ...

... wenn er mich »Asako« nennt.

Ich liebe dich auch.

Asako. Willst du ...

Lins

Ich habe extra einen Tisch gewählt, den ich von der Küche beobachten kann. Es wäre ja übertrieben, Abhörgeräte zu benutzen!

Aber so ist es auch wieder frustrierend!

Fzzzzz

Hey, hey, hey! Liegt da etwa Romantik in der Luft?!

Worüber reden die? Verdammt noch mal!

Oh, Verzeihung. Ich bin ein kompletter Laie, was Kulinarik betrifft, aber ...

Beruhigend?

Haaah
は～・・

Hach, das riecht gut!

Was für ein beruhigender Duft ...

Was soll das?

Ugh!

V... Verstehst du mich?

Will er mir etwa schmeicheln, bevor er auch nur einen Bissen davon probiert hat?

Muschel

Wenn nun das Aroma der Muscheln so ein Ball wäre, dann wirkt es, als wäre er umhüllt von einer sanften Membran. Ähnlich wie Lachskaviar.

... dieses Gericht wirkt zwar auf dem ersten Blick simpel ...

... doch sein Duft verrät mir, dass viel Mühe dahintersteckt, damit alles harmoniert ...

Das meine ich mit beruhigend.

... und es wunderbar schmeckt, wenn es im Mund aufeinandertrifft.

Außergewöhnlich?

Ich kann dich hören, Asako ...

Tuschel

Die Muscheln sind Kaviar?

Bist du dir sicher, dass er noch alle Tassen im Schrank hat?

Natori drückt sich eben ab und zu, ähm, außergewöhnlich aus!

Sei nicht so unhöflich, Keita!

Flüster

In den letzten Jahren hat er viele Seifen von Liliadrop entworfen! Sie riechen alle wundervoll.

Weißt du, Natori hat eine feine Nase und Düfte sind sein Fachgebiet.

Mmh, köstlich!

Danke.

Das schmeckt aber gut!

Aber es muss einen Haken geben! Warte nur, ich werde noch dahinterkommen!

Ach so?

Er sieht also gut aus und hat auch was auf dem Kasten.

Er meinte, dass die Suppe als Letztes mit Brot gegessen werden soll. Aber habe ich nach der Pasta noch genug Platz im Bauch?

Ich bin jetzt schon ziemlich satt ...

... und wird dafür sogar bezahlt!

Ich bin echt stolz auf ihn!

Hach, Keita ist wirklich toll! Er kann so etwas Wundervolles kochen ...

... aber schaffe ich überhaupt auch nur ein Stück?

う — ん... Hmm

Wenn man Baguette bestellt, kommen gleich zwei Stück. Keita bringt mir bestimmt auch nur eine halbe Portion, wenn ich ihn darum bitte ...

?

Ich kann dir gerne eine Extraportion aufs Haus bringen.

D... Darf ich?!

Oh!

Nimm es dir ruhig.

Möchtest du was von meinem Brot haben?

Du willst sicher welches in die Suppe tunken.

Oh, das ist aber nett!
Was sagst du?
Wollen wir noch mehr bestellen? Es macht mir aber nichts aus, mein Brot mit dir zu teilen, falls dir das sonst zu viel wird.
...
Bitte gib mir etwas ...
... von deinem ab.

Sst
...

Einen Augenblick.

Gern.

Verzeihung! Die Rechnung bitte.

Oh?

Keita...

...

Um ehrlich zu sein ...

Es war mir ebenfalls eine Freude.

Vielen Dank für das Dinner!

Alles hat wunderbar geschmeckt.

Ja, okay ...

... wollte ich dich heute auf die Probe stellen.

Das kann ich gut nachvollziehen ...

...!!

Ich frage mich, ob du es wirklich ernst mit meiner Schwester meinst oder nur den Playboy spielst.

Du siehst gut aus und bist erfolgreich im Job.

Ich weiß noch immer nicht, was ich von dir halten soll.

Ich würde niemals ...

Kommt es oft vor, dass Asako ...

... dich um Sachen bittet?

Deshalb muss ich dich eine Sache fragen.

Lass mich überlegen ...

Sie ist sehr zurückhaltend ...

Hmm

...

Hä?!

Ob sie ...

... mich um Sachen bittet?

Sag mal, hier stinkt es nach Schweiß, findest du nicht?

...

カ゛ Gwapp

Pfui! Ich hoffe, der Gestank bleibt nicht an meiner Kleidung haften!

Igitt, du hast recht! Wer schwitzt hier wohl so?

Keita!!

Oh nein! Er hat mich mit Dreck beworfen!

Wäääh

わーん、

Blöde Kuh, halt die Klappe!

Watsch

ベ゛ チ ャ゛ ッ

Ah!

Ich zahle natürlich die Reinigung!

Es stinkt hier überhaupt nicht, also laber kein dummes Zeugs!

Hau ab!

Pah! Da spiele ich nicht mit.

Nett? Die da?

Sehr schön! Das ist sehr nett von dir.

Asako, wir sind ja Freunde.

Ich verzeihe dir, wenn du dich entschuldigst!

Sie ist diejenige, die sagen muss, dass es ihr leidtut!

Verzeih mir.

Wieso muss Asako sich entschuldigen?

Nimm es Keita bitte nicht übel.

... und weinte sich ein kleines bisschen bei Mutter aus.

Doch am Ende bedankte sie sich bei mir ...

Ich habe nie gesehen, wie sie um etwas bettelt, was sie haben möchte.

Süßigkeiten, Spielsachen, ihr Sitzplatz ...

...

Schon als Kind hat sich Asako immer zurückgehalten.

Aber heute ...

... aber ich habe mich geirrt.

Früher dachte ich, es läge daran, dass sie meine ältere Schwester ist und alle älteren Mädchen sich wie sie benehmen ...

... hat sie einen Wunsch geäußert.

So ist sie eben.

... sie sagte nichts und hat alles still ertragen.

Egal, ob sie etwas haben wollte oder ihr was auf dem Herzen lag ...

Mag sein, dass es nur um ein Stück Brot ging.

Aber sie hat darum gebeten. Und zwar dich.

...!

Oder du kannst mir eins auf die

Du weißt schon. So

Plopp

Erst seit Kurzem offenbart sie mir, was sie auf dem Herzen hat.

wünsche ich mir von dir!

Er hat recht. Asako hat es an Selbstwertgefühl gemangelt.

wollt das bei in der Firma.

Über solche Dinge zerbreche ich mir die ganze Zeit den Kopf.

... bin ich nicht ...

... selbstbewusst genug.

Aber glaub mir, das tue ich nicht.

Denkst du, dass ich übertreibe?

Was?! Meinst du etwa ...?!

Asako hat sich verändert.

Du hast sie verändert, nicht wahr?

Sie ist unbefangener mit ihm als mit mir. Und das, obwohl ich ihr Bruder bin ...

Wenn dem so ist ...
... möchte ich, dass du dir bewusst machst ...
... wie viel ihr das bedeutet.
Gwwwt
Danke, dass du mir das ...
... gesagt hast.
Es mag vielleicht unglaubwürdig für dich klingen, aber ...
... ich denke, ich kann Asako ...
... nun noch mehr wertschätzen als zuvor.

Es hat mich gefreut, dass du dich gut mit meinem Bruder verstanden hast.

Lass uns irgendwann noch mal dort essen gehen!

Gern geschehen!

Vielen Dank!

Betrachte es als Dankeschön dafür, dass du mir ein tolles Lokal gezeigt hast.

Ach, gar kein Ding!

Soll ich nicht doch lieber die Hälfte zahlen?

Ich hatte gar nicht vor, eingeladen zu werden ...

Ähm

Grapp

Ich würde mich freuen, euch wieder begrüßen zu dürfen.

Vielen Dank!

Uhmm

Haben wir ...

Whooo

Schreck

... das überhaupt?

Äh, okay?!

Eines Tages werde ich ...

... deine wahren Absichten enttarnen.

Ich hatte einen wunderbaren Abend!

Oh, was redest du denn da!

Ich war heute die ganze Zeit nervös und habe vielleicht hier und da nicht aufgepasst.

Hattest du Spaß, Asako?

Ich muss ihm beweisen, dass ich es ernst meine.

Ich mach mir Sorgen, ob ich nichts falsch gemacht habe ...

Du sagtest, es sei das erste Mal, dass dich deine Freundin ihrer Familie vorstellt ...

Ich habe mich riesig auf diesen Tag gefreut.

... aber dasselbe gilt natürlich auch für mich.

...

Ähm ...

Sssh

Des- halb ...

Haah

...?

... ähm ...

Und heute konnte ich mit dir leckere Sachen essen ...

... und zu- schauen, wir ihr euch nett unterhalten habt.

Sst

Es hat mich wirklich glücklich gemacht!

Du bist die Beste! Aber wieso bin ich immer derjenige, dessen Wünsche erfüllt werden?

Na...

Ah!

Sag mir bitte auch, was du gern hättest!

Aber ...

Ko...

...!

Je öfter man etwas sagt, desto weniger Bedeutung haben diese Worte.

Das war mir bewusst, aber ...

Oh! Ich habe dich schon wieder Natori genannt!

... das ist doch genau das, was ich tue.

Ich möchte dir eine Freude machen, Natori.

... war das das Einzige, was ich in Worte fassen konnte.

Oh?

Ich liebe dich ...

Aber fürs Erste ...

Kapitel 17 / Ende

Aber schon dich bitte noch, okay?

Du musst dich erst mal richtig erholen!

Das freut mich!

Dank dir bin ich wieder fit und munter!

Bonus Story
Ich möchte dich umarmen

(Diese Story findet nach Kapitel 13 statt.)

Oh?

Ja, natürlich.

... den Tag zusammen verbringen wollen, bei einem von uns beiden.

... ob wir nicht morgen vielleicht ...

Ähm, ich wollte dich fragen ...

... Ich möchte deine Liebe spüren ...

...

Ich besuche dich gerne, aber bist du wirklich wieder fit genug?

Ah!

Asako!

Äh, nein.

Im Convenience Store oder so!

Möchtest du irgendwo vorbeischauen?

Okay, dann lass uns gehen!

Kein Problem! Ich habe nur zufällig einen Zug früher erwischt.

Tut mir leid, dass ich dich hab warten lassen.

Ach so!

In Ordnung ...

Du
meinst
...

Nein, ver-
steh mich
bitte nicht
falsch.

...

Es ist
nicht mei-
ne Absicht,
perverse
Dinge zu
tun!

Deshalb
möchte ich
dich fest in
die Arme
schließen
...

... und mit
dir eins
werden!

!

Ich hatte
tagelang
Schnupfen
und wir
hatten
...

... schon eine
Weile keinen
richtigen Kör-
perkontakt
mehr!

Ich habe
dich schon
verstan-
den.

Keine
Sorge!

Kicher
くす...

Verspro-
chen!

Mist!
Ich finde
nicht die
richtigen
Worte
dafür!

Aber
ich werde
dir sonst
nichts
tun!

E...
Eins
wer-
den?

Hier ...
... bitte, Natori.
Darf ich dich ...
... vielleicht auf den Schoß neh-men?
Damit ich dich an mich drücken kann?
Oh, okay.
Gwit
ギュ…

Der Duft meiner Seife auf ihrer Haut ...

Der Duft ihrer samtigen Haare ...

Der Duft ihrer geröteten Wangen ...

Ah...

Das ist meine Asako ...

All die Düfte, die ich so liebe, sind hier in meinen Armen.

Tropf

Schweiß ...?

!

Dein Blut fängt nur ...

... gerade an zu kochen.

Ist das Zimmer zu heiß?

Äh, nein ...

Stimmt. Jetzt, wo sie es sagt ...

Ihre Haut fühlt sich immer schön kühl an.

Ach so?

Mir wird langsam warm.

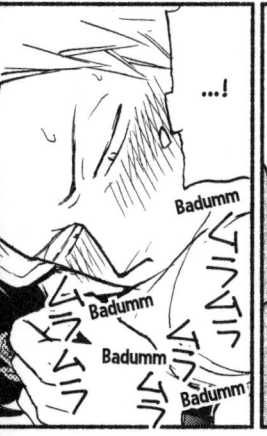

...!

Badumm

Badumm

Badumm

Badumm

Zuck

Ich hab vorhin versprochen, dass ich nichts tue!

Nein, nein, nein!

Ugh!

Du riechst so gut Band 2 Ende

Steckbriefe!

> Du riechst so gut

Asako Yaeshima (26)

Körpergröße: 1,56 m
Geburtstag: 28. März
Gewicht: 51 kg
Sternzeichen: Widder
Blutgruppe: O
Mag gerne:
Japanisches Essen,
Sojamilch, Kräutertee
Mag nicht:
Fettiges Schweinefleisch
Hobbys:
Sammelt gerne Seifen.
Sie achtet darauf, nur so viele
zu kaufen, dass sie sie innerhalb
ihres Haltbarkeitsdatums auf-
brauchen kann. Sie benutzt nur
maximal drei Sorten auf einmal.
Besondere Fähigkeiten:
Da ihr nichts dazu einfällt, möchte
sie ihren Horizont erweitern und
welche entdecken.
Sie hat Spaß daran, Modezeit-
schriften zu lesen und hübsche
Kleider zu betrachten, obgleich
sie sich nicht traut, sie selber zu
tragen. Sie hat eben-
falls eine Schwäche
für süßen Schnick-
Schnack und kauft
gerne etwas,
sobald ihr Herz
dafür schlägt.

Seit sie mit Natori zusammen ist, liest sie oft Online-Kolumnen zum Thema Liebe. Sie hat zwar kaum Erfahrung in romantischen Dingen, hat sich aber dadurch eine Menge an Wissen angeeignet ...

Marosuke (8), der Kater der Familie Yaeshima
Ein hässlicher Kater, der von allen geliebt wird.
Das Motiv »Der Fischdieb« gefällt Asako so gut,
weil es Marosuke ähnlich sieht.

Kotaro Natori (29)

Körpergröße: 1,75 m
Geburtstag: 1. Oktober
Gewicht: 63 kg
Sternzeichen: Waage
Blutgruppe: B
Mag gerne:
Sandwiches, Pasta, Frikadellen
Mag nicht:
Sellerie, scharfe und stark gewürzte
Gerichte Wie zum Beispiel Mapo Tofu
nach Sichuan-Art
Hobbys:
Dinge suchen, die gut riechen,
Schuhe anschauen
Besondere Fähigkeiten:
Dinge an ihrem Geruch erkennen,
Teesorten durch ihr Aroma erraten

Sein Geruchssinn ist im Gegensatz zum absoluten Gehör nicht angeboren, sondern seine Erfahrungen haben ihm eine gute Nase verliehen. Deshalb ist er weniger empfindlich, wenn er schläft oder erschöpft ist. Er mag zwar Tiere, aber macht im Zoo manchmal eine harte Zeit durch.

Um ehrlich zu sein, ist Natori schwer zu zeichnen. Ich brauche dreimal so viel Zeit für ihn wie für andere Charaktere ... Wenn ich nicht aufpasse, sieht er aus wie 17. Und auch wenn ich aufpasse, sieht er ungefähr wie 23 aus. Ein echtes Problemkind ...

Hat einen süßen Hintern!

Ehrengast:
Welsh Corgi Pembroke (Ich habe ihn nur gezeichnet,
weil es meine Lieblingshunderasse ist. Ich mag aber auch Shiba)

Der Jaguar versinnbild-
licht nur seinen Kampfmo-
dus. Er existiert nicht und
ist natürlich auch nicht sein
Haustier.

Keita Yaeshima (24)

Körpergröße: 1,71 m

Geburtstag: 25. Juli

Gewicht: 57 kg

Sternzeichen: Löwe

Blutgruppe: AB

Mag gerne:
  Alles, bei dem das Äußere im
  Einklang mit dem Geschmack
  steht.

    Mag nicht:
    Koya-Tofu

Hobbys:
  Zu Konzerten von seiner
  Lieblingsband gehen.
  Der Gorilla, den er als
  Profilbild benutzt, ist ein
  offizieller Aufkleber dieser
  Band.

Besondere Fähigkeiten:
  Kendama (japanisches Geschick-
lichkeitsspiel)

Er ist mein
erster männlicher Cha-
rakter mit großen Pupil-
len. Ich war unsicher, wie
er ankommt, aber bei
seiner Ersterscheinung
habe ich viel positives
Feedback von meinen Le-
serinnen bekommen. Mir
ist daher klar geworden,
wie wichtig
Pupillen sind
...

Korisu Ichise (25)

(wird Ko-ri-su ausgesprochen)

Körpergröße: 1,52 m

Geburtstag: 10. Mai

Gewicht: 42 kg

Sternzeichen: Stier

Blutgruppe: B

Mag gerne: Tomaten-Ramen

Mag nicht: Heringsrogen

Als ich klein war,
hatte ich ein Streifen-
hörnchen und einen
Goldhamster als Haus-
tiere. Deshalb bin
ich sehr in diese Tiere
vernarrt.

Hobbys:
Liebt es, Sachen zu dekorieren und zu verpacken.
Sie schaut daher gerne in Bastelgeschäften vorbei und
kann Stunden dort verbringen.
Besondere Fähigkeiten:
Karten basteln, Seitschritt

»Risu« bedeutet auf Japanisch »Eichhörn-
chen«. Ich habe sie Korisu genannt, weil ich
ein fröhliches Mädchen zeichnen wollte, das
munter umherhüpft. Ihr Nachname »Ichise«
(auf Japanisch: ein Ufer) soll das Gegenteil
von »Yaeshima« (auf Japanisch: achtfache
Inseln) darstellen.

Du riechst so gut
Kintetsu Yamada 2

Nachwort Kintetsu Yamada

Wie geht es euch?

Lange nicht gesehen. Ich bin es, Yamada. Vielen Dank, dass ihr den zweiten Band von Du riechst so gut gekauft habt!

Ich esse gerate gebratenen Reis.

Vielen herzlichen Dank!!!

Der erste Band ist bis zu diesem Zeitpunkt in Japan bereits in der fünften Auflage erschienen! Das habe ich nur meinen treuen Lesern und Leserinnen zu verdanken!

Außerdem war es ein schönes Erlebnis, den Duft eines frisch gedruckten Buches zu riechen.

Fshhh

Ich gebe weiterhin mein Bestes!

Bellen bei der Arbeit

Ungefähr hier stand Du riechst so gut.

Es war ein wundersames Gefühl zu sehen, dass mein Buch im Handel steht.

Kauft der Mann sich vielleicht meinen Manga?

Nachdem dieser veröffentlicht wurde, habe ich jedes Mal, wenn ich in einer Buchhandlung war, nachgesehen, ob mein Manga wirklich verkauft wird. Ich habe auch mit Herzklopfen darauf gehofft, dass jemand vor meinen Augen ein Exemplar kauft.

Monster Artbook

Es werden nicht nur Manga verkauft, sondern auch andere originale Werke wie zum Beispiel Artbooks oder Merch. Die Bandbreite ist groß.

Ansteck-nadeln

In Tokio findet sie im Big Sight statt.

Meine Lieblingssachen
Volume 2: »Comitia ist der Hammer!«

Wie soll ich das zeichnen?

Hier trifft man auf eine Menge Profi- und Amateurkünstler, wie zum Beispiel Mangaka, Illustratoren und Schriftsteller, die ihre Werke veröffentlichen und verkaufen möchten.

Man beantragt einen Stand, druckt sein Buch und verkauft es dort.

Original-Dojinshi

Habt ihr schon einmal von der Comitia gehört? Das ist eine Messe, bei der ausschließlich Dojinshi zu eigenen Serien verkauft werden. Sie wird jährlich in sechs Städten Japans veranstaltet, unter anderem Tokio, Osaka und Nagoya.

Ich habe selbst auf der Comitia ein Dojinshi zum Stand von Morning gebracht, worauf sie dann später meine Serie veröffentlichten.

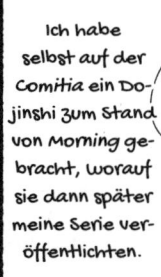

Redakteur

Was sagen Sie dazu?

Das Mädchen ist süß.

Die Comitia ist also auch ein Ort, an dem Künstler und Verlage geschäftlich miteinander verhandeln.

Viele Verlage haben auch einen eigenen Stand, wo man sich direkt an die Redakteure wenden kann. Sie geben Feedback ab und schätzen ein, ob ein Werk gut genug ist, um es in ein Magazin zu schaffen.

Wenn es sich ergibt, möchte ich auch wieder daran teilnehmen. Übrigens kann man die Messe auch besuchen, ohne Bücher und dergleichen zu verkaufen. Wenn ihr interessiert seid, schaut bitte einfach ins Internet! Vielleicht entdeckt ihr ja den nächsten Kassenschlager!

Das macht 500 Yen!

Dieses Buch, bitte ...

Ihr könnt alle so gut zeichnen!

Wenn man an der Messe teilnimmt, spornt es einen richtig an, weil man von anderen Künstlern umgeben ist.

Special Thanks

Staff

Moe Sanada, Shijima Nonoko Natsuki, Mai Seta

Redakteur: Suzuki
Es gibt jetzt einen offiziellen Twitter-Account!
@asetosekken
Mein Twitter-Account:
@KintetsuYMD

Du riechst so gut

Kintetsu Yamada **3**

Natori und Korisu
fahren zu zweit auf Dienstreise?!

Asako hat ein
Date mit Herrn Okura in einer Weinbar?!

Sie ver-
bringen
jeweils
eine heiße
Nacht
...

Denn
genau
das
...

... macht »Liebe« aus.

Das ist natürlich
ein Scherz!

※ Es gibt einige Vorfälle, aber Sachen wie Affären oder Seitensprünge tauchen in diesem Manga nicht auf!

Im dritten Band fliegt auf, was für Beziehungen Natori bisher hatte. Außerdem gehen die beiden shoppen und machen gemeinsam eine Geburtstagsreise.

Du riechst
so gut   Kintetsu
            Yamada   3

Das Gespräch der beiden, nachdem sie sich in Kapitel 15 aufs Sofa gelegt haben.

Kuschel

Kuschel

Schnupper

イチャ イチャ ♡

Kuschel

カン

Schnupper

イチャ イチャ ♡

カーン

♡

Schnupper

Ssssst

Darf ich nicht?

Schnüffel

スリスリ

スンスン

クン

Schnüff

Schnüff

フンフン

N... Natori ...

Ähm ...

Warte doch!

Ugh!

Aber ...

Kurz davor (siehe S. 136)

Stimmt, ich habe Hunger ...

Groll

... wir haben doch ...

... noch nicht mal zu Abend gegessen.

... aber von dir habe ich zwei Tage lang nichts bekommen, also ...

カバッ...

Gwapp

Möchte erst einmal riechen

Ah!

クン

Schnüff

※ Asako war für zwei Nächte bei ihren Eltern.

Du riechst so gut

Fortsetzung folgt

JIN OKURA

Körpergröße: 1,87 m

Gewicht: 88 kg

Geburtstag: 24. Dezember

Blutgruppe: A

Kintetsu Yamada

Im ersten Band habe ich hier
geschrieben, dass der Farbdruck
nicht zur Geltung komme, weil mein
Profilbild eine Milchpackung ist. Eine
Milchpackung ist allerdings schwierig
zu zeichnen, weil man genau auf Details wie zum Beispiel das Verhältnis
von Länge und Breite achten muss,
damit sie auch wie eine Milchpackung
aussieht. Ein weiterer Grund, mein
Profilbild zu bereuen. Aber dennoch
habe ich eine Schwäche für Milch und
werde weiterhin mein Bestes dabei
geben, Milchpackungen zu zeichnen.
Ich wünsche euch viel Spaß mit dem
zweiten Band!

Originalrezept von
Du riechst so gut

»Peperoncino-Suppe mit Venusmuscheln und getrockneten Rogen« würde ich ja gerne zubereiten, aber da es viel zu professionell für mich ist, stelle ich euch diesmal Folgendes vor:

Normale Peperoncino-Suppe

Ihr müsst nur etwas mehr Nudelwasser hinzugeben!

Zutaten (für 1 Portion)
- 100 Gramm Nudeln
- 1 Knoblauchzehe
- Speck, so viel ihr wollt
- 2 EL Olivenöl
- Chilischoten, so viele ihr wollt
- etwas Sojasoße

[Schmeckt gut, wenn man es dazugibt]
- Walnüsse und Erdnüsse (ungesalzen)
Schneidet sie in kleine Stücke und lasst euch von dem Aroma und der Textur begeistern!

1. Den Knoblauch in kleine Stückchen und den Speck in dünne Streifen schneiden.
2. Die Nudeln in kochendes Wasser geben. Olivenöl und Knoblauch in eine Pfanne geben und auf niedriger Stufe erhitzen. Dann den Speck hinzugeben.
3. Sobald der Speck geröstet ist, Chilischoten dazugeben und mitbraten. Falls ihr auch Nüsse verwenden wollt, werden sie hier in die Pfanne gegeben.
4. 2 1/2 bis 3 Schöpfkellen Nudelwasser in die Pfanne mischen und langsam umrühren, bis es sämig wird.
5. Nudeln abgießen und abtropfen lassen. Anschließend mit der Soße vermengen und etwas Sojasoße dazugeben. Fertig!

Achtung: Wenn zu viel Nudelwasser beigemengt wird, stockt das Ganze nicht richtig. Ihr könnt auch gerne andere Zutaten dazugeben.

Da es sehr flüssig ist ...

... empfehle ich euch, einen tiefen Teller zu benutzen.

Sister & Vampire

Akatsuki

Ein Vampir treibt sein Unwesen und auch Ordensschwester Erna fällt ihm zum Opfer. Doch der verführerische Richter verschont sie und Erna meint, sein gutes Herz zu erkennen. Um ihn zu bekehren, folgt sie ihm und trotzt jeder Gefahr. Wird es ihr gelingen, ihn zu läutern, oder wird sie am Ende selbst auf die dunkle Seite gezogen werden?

Sister & Vampire – Hypnose

Akatsuki

Schwester Alicia wird vom Gift des gut aussehenden Vampirs Albert zur Unzüchtigkeit vor Gott getrieben. Nacht für Nacht schlägt er seine Fänge in ihre zarte Haut und droht sie mit seinen Avancen vom rechten Weg abzubringen. Ist es Grausamkeit, die Albert leitet, oder kann ein Vampir doch echte Liebe verspüren?

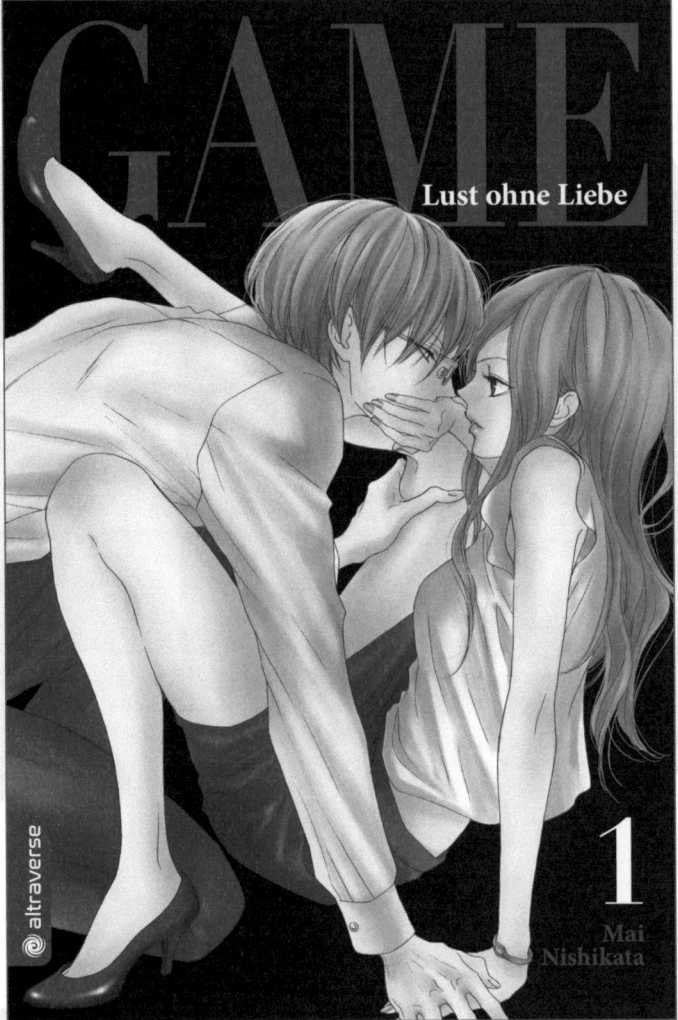

Game – Lust ohne Liebe

Mai Nishikata

Sayo ist eine echte Karrierefrau. Doch das schreckt die Männer ab. Keiner von ihnen scheint mit einer Frau umgehen zu können, die erfolgreicher ist als er. Frustriert lässt sie sich auf ein erotisches Spiel mit ihrem neuen Kollegen ein: Nur Sex, keine Gefühle lautet die Devise!

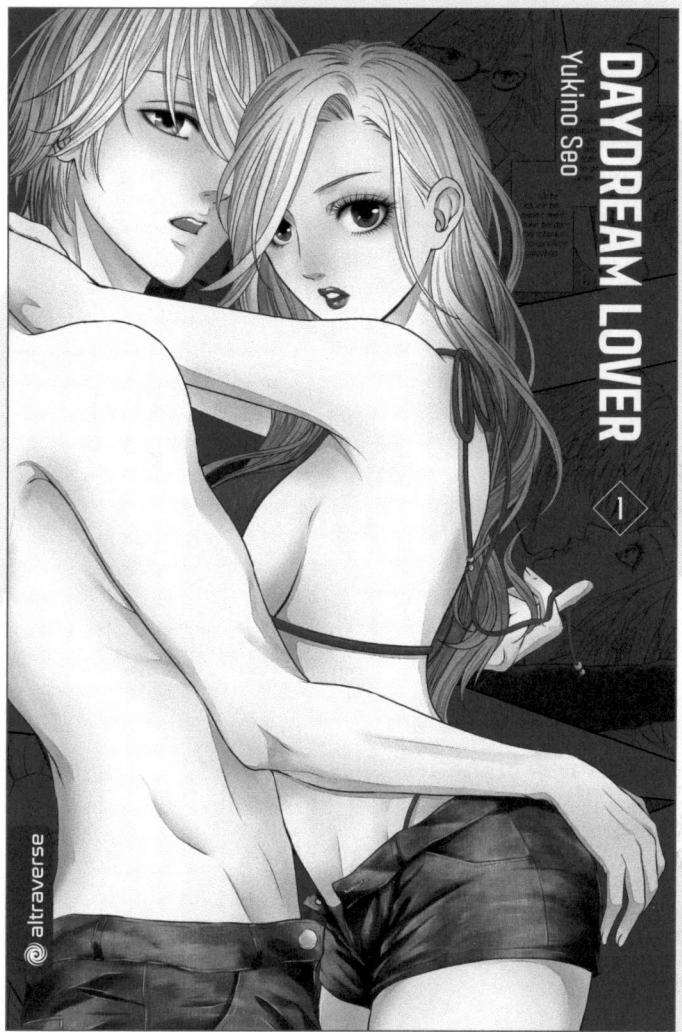

Daydream Lover

Yukino Seo

Jun sieht aus wie ein sexy Vamp, aber eigentlich ist sie ein schüchternes Mauerblümchen – und immer noch Jungfrau! Wann immer ihr ein süßer Typ begegnet, flüchtet sie sich in ihre erotischen Tagträume. Dabei wohnt der Mann ihrer Träume gleich nebenan ...

Nur du darfst mich fesseln

Erin Kijima

Kaori ist schon lange heimlich in den Mann ihrer Schwester verliebt. Als die Ehe der beiden in die Brüche geht, wittert sie ihre Chance und möchte die neue Muse ihres Ex-Schwagers werden. Doch der kann nur das malen, was ihm gehört. Ist Kaori bereit, ihm alles zu geben, wonach er verlangt ...?

30 — Ein Traum von Liebe

Akimi Hata

Shino ist dreißig, im Beruf sehr erfolgreich, aber immer noch Single. Ihre Familie und ihr Umfeld sind der Meinung, sie sollte nun langsam auch heiraten. Und eigentlich denkt Shino das irgendwie auch, da sie es gern geordnet mag. Da spricht sie eines Abends der fast zehn Jahre jüngere Mayuki an und bittet sie, seine Freundin zu werden. So ein junger Kerl ist natürlich nichts zum Heiraten, aber vielleicht hat er ja andere Vorzüge …?

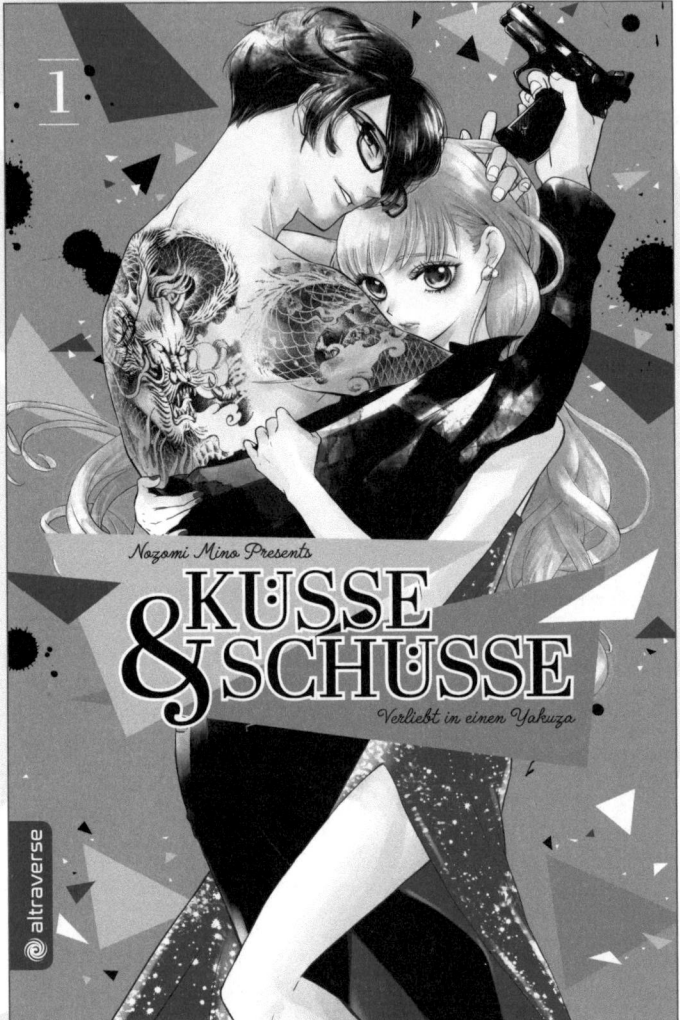

Küsse & Schüsse — Verliebt in einen Yakuza

Nozomi Mino

Als die Studentin Yuri auf einer Party in Schwierigkeiten gerät, wird sie von dem jungen Clanerben Oya gerettet. Darauf verlieben sich beide Hals über Kopf ineinander und das Feuer der Leidenschaft beginnt lichterloh zu brennen. Doch schon bald fallen Schüsse und Yuri muss feststellen, dass ihr neues Leben als Freundin eines Yakuza alles andere als ungefähr-lich ist.

Lip Smoke

Mai Nishikata

Schriftsteller Kazuki Seta hat eine schwere Schreibblockade. Er soll eine Geschichte über einen unschuldigen Kuss schreiben. Doch er kann sich nicht erinnern, wie sich diese angefühlt haben. Kurzerhand heuert er die Schülerin Setsuna Iwato an, damit sie ihm die Unschuld der Jugend wieder nahebringt. Aber ist das wirklich nur irgendein Job?

Liebe & Herz

Chitose Kaido

Yo Yagisawa hat im ersten Semester eigentlich genug Probleme. Aber als ein wildfremder Schönling plötzlich bei ihr einzieht und behauptet, ihr Kindheitsfreund zu sein, fängt der Trubel richtig an! Auf einmal beginnen die unheimlichsten Dinge zu passieren. Wer ist dieser Typ und schwebt Yo in Gefahr?

Keine Cheats für die Liebe

Fujita

Nerd sein ist nicht leicht! Sobald die Männer erfahren, dass Narumi ein Fangirl ist, nehmen sie Reißaus. Die Lösung: Ein Nerd muss her – meint zumindest ihr Kindheitsfreund Hirotaka, selbst eingefleischter Gamer, und stellt sich auch gleich zur Verfügung. Ist dies der Beginn einer mangareifen Romanze oder heißt es am Ende doch Game over?

After the Rain

Jun Mayuzuki

Nach einer Verletzung muss Akira ihren geliebten Sport aufgeben. Erfüllung findet sie in ihrem Job in einem Restaurant – vor allem, da sie bis über beide Ohren in ihren Chef verknallt ist. Doch der kann sein Glück nicht glauben: Warum sollte ein junges Mädchen an einem alten Verlierer interessiert sein?

Lust auf ein Date?

Tamifull

Miwa mag eigentlich schon immer Mädchen, hat sich bisher aber nie getraut, offen dazu zu stehen. Mit Beginn ihres Studiums soll sich das ändern. Gleich am ersten Tag an der Uni trifft sie auf die sehr offene und direkte Saeko, die von Miwa sofort begeistert ist. Kann aus der spontanen Zuneigung, die die beiden füreinander empfinden, eine richtige Beziehung entstehen …?

altraverse

Deutsche Ausgabe / German Edition
Altraverse GmbH – Hamburg 2021
Aus dem Japanischen von Nana Umino

ASE TO SEKKEN © 2019 by Kintetsu Yamada
All rights reserved.
First published in Japan in 2019 by Kodansha Ltd., Tokyo.
Publication rights for this German edition
arranged through Kodansha Ltd., Tokyo.

Redaktion: Anne Faltin
Herstellung: Madlyn Weyhe
Lettering: Vibrant Publishing Studio

Druck: CPI books GmbH, Leck
Printed in Germany

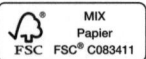

www.altraverse.de